海より深く

矢口敦子

集英社文庫

海より深く

1

佐藤真志歩《ましほ》は一人ぽつねんと華麗屋《かれいや》のカウンターの内側に座っていた。

生まれてはじめて家族から離れてすごす元旦だった。お正月気分など、真志歩の内部にも外部にもなかった。まったくなかった。それが悲しいわけでもなかった。

二時間ほど前の午前十時半すぎ、真志歩はスマートフォンで叩《たた》き起こされた。相手は、華麗屋のオーナーの柚木麗香《ゆずきれいか》だった。

「店番に来て」

というものだった。

その二日前の十二月三十日に、真志歩は、麗香が妹で華麗屋の店長である美咲《みさき》と元旦に店をあけるかあけないかで言い合っているのを聞いていた。

「なにが悲しくて正月早々働かなけりゃならないのよ」

と、美咲は至極まっとうに反対していた。しかし、麗香は断固としてあけると主張した。

「三百六十五日開店しています、というのが華麗屋のコンセプトよ」

「そんなの、私が決めたことじゃないよ。私の大晦日《おおみそか》のスケジュールは決まっているの。みんなで初日の出を見に行くんだから、仕込みなんかできないし、まして店をあけるなんて無理」

「いいわよ。私は今年、当直じゃないから、私が店番する」

「へえ？」

美咲は、姉の顔をじろじろと眺めた。それから、成りゆきを見守っていた真志歩にむかって言った。

「あなたは明日、明後日《あさって》、ちゃんとお休みしていいよ。どうせ大晦日や元旦にカレーを食べようなんて人はほとんどいないんだから、麗香一人で大丈夫」

華麗屋はコーヒーも出すが、一応カレー専門店だ。美咲はやや変わった性格だけれど、時おり常識的になる。真志歩はにっこり笑ってうなずいた。とはいえ、大晦日も元旦も美咲のようには予定などなにもなかったのだけれど。

大晦日は、あまり面白くもないテレビの音楽番組をだらだらとスマートフォンで見つづけ、そのまま炬燵《こたつ》で眠りこんでしまった。いつ夜が明けたのかも分からない。息が苦しくなるような夢をみていたはずだが、内容は思い出せない。そこへかかってきたのが麗香からの電話だ。

「患者の容態が急変して、病院へ行かなきゃならなくなったの」ということだった。

だったら店を臨時休業にすればいいのに、と思うほどには、真志歩の頭は覚めていなかった。それは大変ですね、と二つ返事で引き受けて華麗屋へ駆けつけた。顔を洗って化粧は省略し、着ていた服にジャンパーをひっかけただけだから、自転車で二分の移動距離も含めて、覚醒から華麗屋到着まで十分とはかからなかった。

麗香は「誰かが店長やオーナーについて訊《き》いたら、麗香と美咲でやっています、と言ってね」と言い、慌ただしく出ていった。

誰かが店長やオーナーについて訊いたら、オーナーと店長の名前を言え？　謎の言葉だ。

そもそも、華麗屋には謎が多い。麗香と美咲は、姉妹にしてはあまり似ていないけれど、どちらも超のつく美人だ。

麗香は、秀でた額とギリシャ彫刻からとってきたような鼻梁《びりょう》がいくぶん男っぽいが、ふっくらした頬となによりも生き生きと動く黒い瞳が魅力的だ。色が浅黒いので、ラテン系の血が混じっているようにも見える。

麗香と対称的に、美咲は透き通るように白い肌をしている。目も鼻も唇も女らしいまろやかな線でできていて、栗色《くりいろ》に染めた髪をゴージャスに波打たせているのと相まって、童話に出てくるお姫さまのようだ。しかし、それは一見したところの印象で、少しの間面とむかっていれば、時たま見せる目力の強さに、ただ美しいだけの女性ではないと分かるだろう。

カレーライスなんて、二人とも似合わない。

麗香は総合病院で外科医をやっているのだから、カレー専門店とはかぎらず店を経営する必要さえない。まだ二十代半ばと思《おぼ》しい美咲が店を切り盛りしているところを見ると、あるいは美咲のたっての希望で華麗屋をやっているのかもしれない。もっとも、そうだとしたら、美咲の店にたいする熱意は低すぎるようでもある。だって、店に置いてある雑誌なんて、四年も前のものだ。

姉妹は三階建ての華麗屋の二階と三階で二人きりで暮らしている。ただ、店が掲げている調理師免許には「柚木達也《たつや》」という名前がある。達也は何者なのだろう。姉妹の親で、すでに亡く、姉妹は父親の遺志をついで店を経営しつづけているのだろうか？

真志歩はあれこれ想像するだけで、事実は不明だ。姉妹に質問しようとは思わない。質問できる関係でもない。雇われてまだ一カ月弱、つまり知り合ってまだ一カ月しか経《た》っていない。

真志歩は大学卒業を四カ月後にひかえ、単位はすべてとり、卒業論文も書き上げて、なにをしていいか分からない状態になっていた。ある日、意味もなく町を歩きまわった。

なにかを見つけたいと思ったわけではなかった。この町を去る前に町を見学しておこうと思ったわけでもなかった。この四年間、大学とアパートを往復するだけで、とくだんこの町に愛着はなかったし、愛着をもちたいとも思っていなかった。大都会のそばならどこにでもあるベッドタウン化した町、という印象しかなかった。故郷に帰ったら、たちまち忘れてしまうだろう、こんなふうに町を歩きまわったこともふくめて、そう思っていた。

そういう中で、たまたま空腹を感じて入った店が華麗屋だった。

まずくはなかったが、感動するほどおいしくもなかった。母親が作るのと変わらないなと思いながら、多分、無表情で食べた。客は真志歩しかいなかった。三時とかそんな時間で、客がいなくても不思議はなかった。

最後の一口を食べ終わり、水を飲みほした。真志歩は、カウンターのむこうで、店の女の子が、つまり美咲が観察するように自分を見ているのに気がついた。彼女は白い三角頭巾で波打つ髪を押さえ、海老茶色《えびちゃいろ》のコットンセーターに白いエプロンをつけただけなのに、まるで最上級のお洒落《しゃれ》をしているように見えた。

真志歩も、美咲に負けないくらいカジュアルな装いをしていた。白いシャツにブルージーンズの上下。しかし、美咲とちがって最上級のお洒落をしているようには見えなかっただろう。

真志歩は、美しい瞳から放たれる視線を押し返すようにして、

「もう一杯ください」

空《から》のコップをさしだした。美咲は水差しを手にカウンターの内側から出てきて、コップに水を注ぎながら、こう言った。

「うちでアルバイトをしない？」

「え？」

「アルバイトに辞められて困っていたところなの。あなたなら、ちょうどいいわ」

ちょうどいいって、なにが？　二人でカウンターの内側に並んでいたら、私があなたの引き立て役になることが？　いえいえ、あなたに引き立て役はいらない、一人で充分。私だって、かわいいと言ってくれた人はいるのよ。あなたと並んで三枚目に落ちるのは、ごめんだわ。

少し前の真志歩なら、咄嗟《とっさ》にそういうことを考えたかもしれない。しかし、その時の真志歩は自分の容貌を気にかける心境にはなかった。若い娘であっても、いつもいつも同性から、そして異性からどう見えるかを最重要視して生きているわけではない。とにかく、真志歩はからっぽだった。このからっぽを埋めるために、なんでもいいからなにかしたかった。カレーライスの店でアルバイトをしたいと思ったことはないけれど、やってみても悪くないと思った。

「でも、三月一杯です」

と真志歩は、相手にというよりも、むしろ自分自身の中に言葉を落とし込むように言った。

「四月になったら、故郷に帰って勤めなきゃなりません。もう就職先は決まっているんです」

「そう？」

美咲はほほえんだ。なんだか真志歩の心を見透かしているような表情だった。

「かまわないわよ。三月になったら、また考えればいいから」

それで、真志歩のアルバイトが決まった。

昼と夜、店のカレーを食べられるという条件つきだった。このごろ真志歩は空腹を満たせさえすればなんでもいいという気分だったので、アルバイトのある日は必ず華麗屋のカレーを二食、食べた。

華麗屋は毎日、三種類のカレーを用意している。チキンカレーとポークカレー、それに日替わりの「今日のカレー」だ。元旦の「今日のカレー」は、トマトベース仕立てのナブランタンカレーだった。店番をはじめていくらか経ってから、真志歩はナブランタンカレーを食べた。それが今年はじめての食べ物だった。すっきりした口あたりで、お節料理に飽き飽きした人なら喜ぶだろう。

しかし昼になっても、お節料理に倦《う》んだ人は来なかった。真志歩は本を読みはじめた。店の本箱にあった、一昔前のミステリ小説だ。多分、何年も前のお客の誰かが置いていったのだろう。

真志歩は読書家だが、ミステリやバイオレンスの類は滅多に読まない。血や暴力が苦手なのだ。ただ、その小説のタイトルに「家族」という語彙が入っていたため、手を出した。自分の家族のありように思い悩んでいるせいだ。しかし、当然ながら、そのミステリに真志歩の家庭と類似した問題は出てこず、真志歩の悩みを解決するヒントは皆無だった。白骨が出てきたシーンで読むのをやめようかと思ったけれど、行方不明の息子がどうなったのか気になったので、読みつづけている。幸い、それ以降苦手なシーンは出てきていない。

一時ごろだっただろうか。ふと小説から目をあげると、店の全面ガラス扉のむこうに人影が見えた。遂《つい》に客が来たかと思ったが、入ってくる気配はなかった。真志歩は小説に目を戻した。残り四十ページ程で、ちょうど真相解明にさしかかっていた。

二十分後、エピローグに少しばかり羨望（小説だから、こんなふうに母子が和解できるんだよね？）を覚えて本を閉じると、扉のむこうにまだ人影があった。

ガラス扉といっても、真ん中の三分の二に黄土色のカーテンがかかっているので、外がすっかり見通せるわけではない。人影の頭がカーテンを越していないということは、せいぜい百四十センチかそこらの身長だろう。ほっそりしていて、たよりなげに見える。小学生か中学生ではないだろうか。

　誰にしろ、二十分も同じ場所に立っているなんて、妙だ。いや、もしかしたらもっと前からいるのかもしれない、真志歩が気づいたのが二十分前というだけで。だとしたら、妙どころの話ではない。

　真志歩はカウンターから出て、扉に近づいた。静かに扉を開く。静かにといっても、扉にはカウベルがついているので、開閉の時に必ずカランカランと音が鳴る。

しかし、音が鳴っても、人影はこちらをふりむかなかった。

まっすぐにかぶった野球帽。薄手のジャケットにブルージーンズ。踵《かかと》のつぶれたスニーカー。どうやら少年のようだ。

外は思いのほか寒く、扉をあけると同時に入ってきた外気が真志歩の体を震わせた。

「きみ、こんなところでなにをしているの」

言いながら、肩に手をかけた。ウインドブレーカーの繊維自体が冷え切っていた。

　少年は飛び上がるようにして、こちらをふりむいた。

双眸《そうぼう》が鮮烈なほど美しかった。夜空色のクリスタルを塡《は》めこんだような黒目をしていて、その瞳でびっくりしたように真志歩を見つめるので、真志歩はちょっとどぎまぎした。

「誰かを待っているの？　寒いでしょう。中に入ったら？」

　そっと肩を押すようにすると、少年は拒みもせず店内に入ってきた。真志歩がカウンター席を指さすと、スツールにちょこんと尻を乗せる。それでも、外が気になるらしく、カウンターの正面ではなく、ガラス扉が見える角度に体をむけていた。

　小学校四、五年生だろうか。顔立ちはもう少し幼い感じだ。二年生とか、三年生とか。

「迷子というわけじゃないよね？」

　返事はない。

　口がきけないのか。それとも——

　真志歩は思いついて、少年の背後にまわり、「わっ」と声を出してみた。

　無反応だ。

　前にまわって、顔を覗《のぞ》きこむ。

「耳が聞こえないの？」

　返事はない。きょとんと真志歩を見返すだけだ。どうやら、耳が聞こえないのは確かなようだ。

「困ったわね」

　コミュニケーションがとれないとなると、少年がなぜ店の前に立っていたのか知りようがないではないか。

その時、かすかに少年の腹部から音が聞こえた。お腹《なか》の虫が鳴いている。お腹がすいているのか？　昼食を食べていないのか？

真志歩は思いついて、自分がカレーを食べてカウンターに置きっぱなしにしていた食器を少年に見せた。

「食べる？」

スプーンで皿からカレーをすくう真似《まね》をする。

少年の美しい目は、スプーンと皿にこびりついたカレーの間を行き来した。唾を飲み込んでいる気配がある。

やはり空腹だったのだ。真志歩は新しい皿を出してご飯とチキンカレーをたっぷり盛り、少年の前にさしだした。

少年はかすかに首をかたむけた。カレーと真志歩を交互に見比べる。

「食べていいのよ」と、真志歩はうなずいた。

少年はおずおずとスプーンを持ち上げ、それから食べはじめた。最初は一口一口ためらうようにスプーンを動かしていたが、途中からスピードが速くなった。いままで食べるのを忘れていたのだけれど、食べはじめたら空腹に気づいた、とでもいうように。

大人が食べる分量だったが、少年は見事にたいらげた。

皿が空になると、少年はひとつ大きな溜め息《たいき》を吐《つ》いた。満足よりも困惑がその顔にはあった。少年は真志歩にむかって両手を合わせた。ご馳走《ちそう》さま、ではなく、ごめんなさい、という仕種《しぐさ》だ。

「もしかして、カレー代のことを気にしている？　いいのよ。私が夕飯にカレーを食べなければいいだけのことなんだから」

と言っても、聞こえないだろうが。それに、真志歩が一食抜いたからといって、その分を少年に食べさせてもいいという解釈が成立するのかどうかも分からなかったが。

真志歩はやさしく笑って、手を胸のところで小さくふった。それで通じたかどうか、少年は今度は深々と頭をさげた、ありがとうございます、というように。

口もきけないのかしら、と真志歩は悄然《しょうぜん》と考えた。生まれつき難聴だとそれ相応の教育を受けなければ音声語の習得がむずかしい、といったような話を聞いたことがある。聞こえないのは、生まれつきなのだろうか。

少年は、食べ終わるとふたたび扉のほうに体をむけた。明らかに誰かを待っている。その誰かは本当に来てくれるのだろうか。まさか少年は置き去りにされたのでは……いや、まさかまさか。幼児ならともかく、この年齢の子をいくらなんでも置き去りにはできないだろう。

することもないので、真志歩は使った食器を洗いはじめた。といっても、二枚の皿と二本のスプーンと二個のグラスだけだ。あっという間に終わった。少年を店に引き入れてから、ほぼ三十分。つまり、人影が店の前に立っていることに真志歩が気づいてから、ほぼ五十分だ。誰かが来るのだとしたら、あまりにも時間がかかりすぎではないだろうか。真志歩も自然と扉に神経を集中させた。

二時数分すぎ、扉がカウベルを鳴らしつつ開いた。真志歩は遂に少年の連れが到着したのかと目を大きくしたが、入ってきたのは店長の美咲だった。それから、美咲のボーイフレンドの尾崎宗二郎《おざきそうじろう》。

「なんだ」

真志歩は思わずそう口にした。

「なんだって、なに」

言ってから、美咲は少年に気がついた。

「あ、お客さま……」

途中で言葉を飲みこんだ。客にしては、ちょっと変だと思ったのだろう。美咲は素早い視線を店内にめぐらした。そして、少年以外に客がいるわけではない、つまり少年の親かなにかがトイレに行っているわけでもなければ、ほんの数分店の外に出ていったのでもない、と判断したのだろう。

「どうしたの、この子」

と、真志歩に訊いた。

「店の前に立っていたんです、二十分も」

真志歩はカウンターの内側から出た。なんとなく防御する感覚で、少年の傍らに立った。

「それで、店の中に入れたの?」

「外は寒いんで」

「麗香はなんて? そう言えば、あの人どこ。なんであなたがいるの」

「患者さんの容態が急変したとかで、呼び出されました」

美咲はやれやれというように首をふった。

「そんなことになるだろうと思っていたわ。店、閉めればいいのに」

美咲は歩いてきて、少年の隣の席に座った。

少年は、美咲が扉をあけてからずっと美咲を見つめていた。美咲が少年のすぐそばに座っても、視線をそらすことはなかった。少年の唇が動いた。

え? と真志歩は耳をそばだてた。

「エリコじゃない、そう言った?」

誰にともなく訊いた。

「そうみたいね」

少年の横にいた美咲が、そう答えた。

「口がきけるんだ」

「なに、口がきけないと思っていたの？」

「あ、はい。さっきから一言もしゃべらなかったので。耳が聞こえないみたいなんです」

　真志歩は腰を低くして、少年の目の高さに唇の高さを合わせた。

「エリコという人を待っているの？」

　読唇術は学んでいないのか、少年は真志歩の口もとを困ったように眺めていた。

　美咲は、カウンターに手を伸ばした。そこに『ご意見ご感想をお書きください』と書いた用紙と鉛筆を立てたスタンドが置いてある。美咲は鉛筆と用紙を取り、用紙の裏側に『エリコという人を待っているの？』と書いた。

　真志歩はあっと思った。少年の年齢なら、文字を書くくらいできるだろう。どうして筆談を思いつかなかったのだろう。美咲の頭の回転速度に完全に遅れをとっている。容姿で充分に劣っているのに、頭までかなわないなんて。

　少年は時間をかけて用紙を眺め、それから肯定とも否定ともつかない奇妙な首の動かしかたをした。

　それを見ると、美咲は今度はこう書いた。

『じゃあ、なぜこの店の前に立っていたの？』

少年は穴のあくほど質問を見つめた。もしかして、字が読めないんじゃないか？　と真志歩が疑いだしたころ、やっと少年は口を開いた。

「言われた」

まだ声変わりなんか全然していない、絹糸のように細い声だ。

「ここに立っていろって、エリコに？」

口で尋ねてから、美咲は顔をしかめた。面倒くさそうに用紙に書き直す。

『ここに立っていろって、エリコに言われたの？』

少年は今度は明瞭にうなずいた。美咲は真志歩を見上げた。

「エリコ。エリコって誰。なんでこの少年に華麗屋の前を指定したの」

そんなこと、私に訊かれても。

「あのー」

戸口から声がかかった。美咲のボーイフレンドが扉のそばに立ったままだった。

美咲は尾崎に、あら、まだいたの、というような冷淡な眼差《まなざ》しをむけた。

「なに」

「ここでお昼を食べるんだよね？」

「あー、お昼ね」

美咲は、苛立《いらだ》たしげな手つきで前髪をかきあげた。栗色の髪が波打ち、天井の照明を受けてきらめいた。黒いハーフコートを脱ぐと、薄いピンクのタートルネックセーターのきれいに盛り上がった胸には、真珠のネックレスが輝いている。まったくカレーなんて似つかわしくない。イタリアンかフレンチの店へ行くべきだ。それにしても、みんなと初日の出を見に行くと言っていたのに、連れてきたのが尾崎一人というのはどういうことだろう。

「麗香がいるはずだったのに」

美咲は口の中でつぶやいてから、

「そうね。今日のカレー、二人分」

尾崎の好みも訊かずに、真志歩に注文した。

尾崎は歩いてきて、少年の隣に腰をおろした。本当なら美咲の隣がよかったのだろうが、美咲の左隣は少年が占め、右隣には美咲のコートが置かれていたのだ。

二人は少年をはさんで、なんだか赤の他人のようにもそもそとカレーを食べた。

そもそも、尾崎が美咲のボーイフレンドなのかどうかは分からない。尾崎は真志歩が知っているかぎりこれまでに三回、華麗屋にカレーを食べに来た。そして、美咲と親しげに話をした。だから、知り合いなのは確かだ。しかし、尾崎の年齢はおそらく四十歳をすぎている。わりと舌足らずのしゃべり方をして、前髪を逆立て、服装も若々しいのだが（今日は胸元に鉤形《かぎがた》の金属がいくつもついた黒の革ジャンとブルージーンズだ）、顔を見ると目尻の皺《しわ》が深く、若者という感じではない。美咲のボーイフレンドにしては年をとりすぎていると思う。しかし、初日の出を見に行ったあと、連れだって帰ってきたのだから、やはりボーイフレンドと呼んでいいのだろう。

美咲と尾崎の間にはさまれた少年は、尾崎のことも美咲のこともとりたてて気にならないようだ。相変わらず扉だけに神経をかたむけている。エリコという人物が来ると信じているのだろう。

真志歩は美咲にならって、アンケート用紙に質問を書いた。

『どこから来たの。ここから遠いの?』

少年は質問を読み、しっかりと首を縦に動かした。

『自分の家がどこにあるか分かっている?』

ほっとしたことに、これにも少年はうなずいた。横からそれを見ていた美咲が真志歩に代わって鉛筆を走らせた。

『じゃあ、自分で帰れるわね?』

少年は、今度は首を縦にも横にもふらなかった。その美しい瞳がうっすらと濡《ぬ》れてきたので、真志歩は慌てた。

「一人じゃ心細いということかもしれませんね」

真志歩は言った。美咲は鼻の頭に皺をよせた。さらに質問する。

『何年生？』

少年の濡れた瞳が美咲と紙の間を行き来した。途方に暮れた表情だ。右手を出し人差し指と中指を立て、それから薬指を立て、すぐにまた薬指をおろした。美咲はパールピンクの唇を突き出した。

「なに、それ」

「小学校の二年生か三年生？」

「そんなに小さい？」

「でも、中学の二年か三年には見えません」

「どっちにしろ、二年か三年って、どういうことよ。春休みの最中ならともかく、いまは二年生なら二年生、三年生なら三年生に決まっているでしょう」

今度は尾崎が鉛筆と用紙を手にした。『名前は？』と書いて、少年に示す。

少年はそれを読むと、うつむいた。それきり口を開かない。大人たちは戸惑った。

「知らない人に名前を明かしちゃいけないと、親から言われているのかしら」

「まさか、有名人の子供じゃあるまいし」

「有名人の子供じゃないと、頭から決めつける根拠はないわよ」

「そうか。もしかしたら、お忍び中のどこかの国の王子さまということもあるかもね」

軽々しく言った尾崎を、美咲は蔑むような目で見てから立ち上がった。

「佐藤さん、ご苦労さま」

「はい？」

「店番は私がするわ。あなたはこの子を家に送りとどけて」

「私が、ですか」

「あなたが拾ったんだから」

「はあ……」

少年が家の場所を知っていると言っても、住所も分からず、連れていけるのか？　はなはだ疑問だ。

「つきそってあげて」

美咲は尾崎にむかって顎をしゃくった。

「え、俺が」

え、尾崎さんが？　と真志歩も目をしばたたいた。注文の品を復唱する以外、口をきいたこともない人と身元不明の子を送っていくのか。なんとも気の重いことだ。

「この町の隅から隅まで知っているでしょう。なにかの役に立つかもしれない」

「この町の子じゃないかもしれない」

「その時は交番に送りとどければいい」

「なるほど」

尾崎はスツールから腰をあげながら、思いついたように言った。

「ね、店を閉めて、美咲も一緒に行かない？」

美咲は沈黙で答えた。

2

少年は、外に出ると先に立って歩き出した。案外迷いのない足どりだ。

「これなら一人でも平気だったんじゃない」

尾崎は言った。真志歩もそんな気がした。家を訊かれてどうして涙目になったのか分からない。

華麗屋は私鉄・吾川《あがわ》駅の南口に広がる商店街の一画にある。南口商店街は華麗屋のような個人商店が多いので、今日はほとんどシャッターがおりている。人通りも少ない。それでも、町行く人には晴れ着姿が目立ち、華やかだ。真志歩たちのような普段着は少し肩身が狭い。もっとも、尾崎の着ている革ジャンは高級品のようだけれど。

商店街がつきると、アパートあり戸建て住宅あり中規模マンションありの雑多な住宅街で、真志歩の住むアパートもその一画にある。少年の住まいもその辺りかと思ったが、少年の足は駅へむかった。しかし、電車に乗るわけではなく、駅構内を通って北口に出た。

吾川駅の北口周辺は比較的大きなビルが立ち並んでいる。この町に三軒あるホテルも、すべてこちら側に立っている。駅から徒歩一分のホテル・ファンタスティコは、三軒の中で一番グレードが高い。ランチバイキングを提供していて、真志歩も食べてみたいと思うが、一人で入る勇気がないので、まだ未体験ゾーンだ。そのファンタスティコにむかって、少年の足は近づいていく。

真志歩は尾崎と顔を見合わせた。

少年は旅人で、このホテルに逗留《とうりゅう》しているのだろうか。

少年は、慣れた足どりでホテルの自動ドアを通過した。が、そこまでだった。ロビーに入ると困ったように辺りを見回し、立ちつくした。何号室に宿泊しているか覚えていないのだろうか。まあ、自分の学年もあやふやなくらいだから、ありそうなことだ。

「ここに泊まっているの？」

と口で訊いても、答えが返ってくるわけがないか。

大理石風の床、同じく大理石風の太い柱、天井にはクリスタル風のシャンデリア。ホテル内に散見される客の服装はみな完璧に高級仕様だ。少年の簡素な身なりとはギャップがある。

尾崎が少年の手をとって、フロントへ連れていった。

「すみません」

と、もの慣れた様子でフロント係に声をかける。黒服に蝶《ちょう》ネクタイ姿のフロント係は、二十代後半か、ハンサムなつもりらしい男性だ。気取り顔で尾崎に対応した。

「はい、なんでしょう」

尾崎についてきてもらってよかった、と真志歩は思った。真志歩なら、こんなふうにフロントにかけあえなかっただろう。

「この子はこちらの宿泊客ですか」

「は？」

フロント係は視線を少年にむけた。その顔色が明らかに変わった。

「きみ、お相手を」

隣に立っていた女性のフロント係に言い、少々お待ちください、と奥へひっこんでいった。

「どうやら宿泊客のようですね？」

と、尾崎は女性のフロント係に言った。フロント係は小首をかしげてにっこり笑った。

「お客さまはぼっちゃまのご親戚ですか」

「いいえ、赤の他人です。道に迷っていたようなんで連れてきた、通りすがりの者です」

「あら……」

「お母さんと宿泊しているんですかね」

「そういったことは、申し上げるわけには……」

奥にひっこんだ男性フロント係が戻ってきた。恰幅《かっぷく》のいい、見るからに支配人然とした中年男性をともなっていた。

支配人が尾崎にむかって慇懃《いんぎん》に尋ねた。

「失礼ですが、お客さまはゴミさまとはどういうご関係でございますか」

ゴミ？　五味か。この子は五味という名字なのか。

尾崎が答える間をあたえず、支配人はつづけた。

「実は、五味さまは二十九日から明日まで滞在するご予定だったのですが、今朝になって急にチェックアウトなさったのです。その際に所持金が宿泊費に五千円ほど足りないということで、ＡＴＭにお金を下ろしにいかれたんです。そして、それっきり戻っていらしていないんです。ええ、あれから四時間ほど経ちます」

尾崎は、唖然《あぜん》としたように支配人の顔を眺めた。

支配人は、両手を揉《も》みしだくようにしながら言った。

「あの、五味さまの代わりに宿泊費をお支払い願えませんでしょうか」

「いくらです」

と尾崎が言ったので、真志歩は驚愕《きょうがく》した。支配人の顔に喜色が広がった。

「一日目は前金でいただいておりますので、二泊分だけでございます。六万八千円でございます」

「二日分で六万八千円？　ずいぶん高いな」

「適正な価格でございます。年末年始でございますから。あ、料金には、二晩当ホテルのレストランのご夕食の分も入っております」

「なんで一日目は前金だったの」

支配人は男性フロント係の顔に視線を流した。フロント係は心持ち顔を赤らめながら言った。

「フリのお客さまでございましたので、前金をちょうだいいたしました。翌朝になってから二日まで宿泊したいとおっしゃられて、ちょうど同じお部屋があいていましたので、延長いたしました。それで前金はいただかず、チェックアウトの際にお支払い願うことになったのでございます」

「ふーん。そういうことですか」

尾崎は革ジャンの胸に手を差し入れ、内ポケットから財布をとりだした。支配人の目もフロント係の目も、そして真志歩の目も、そこに吸い寄せられた。シャネルのマークのついた二つ折りの財布で、分厚くふくらんでいる。

尾崎は財布を開きかけ、「あ、そうそう」と言った。

「五味さんのフルネームと住所と連絡先を教えてくれるよね」

「え、それは」

「だって、見知らぬ人の宿泊費を立て替えるんですよ。千円や二千円じゃない。約七万もの金額だ。返してもらう請求先が分からなければ、とても出せませんよ」

「はあ、さようでございますね」

支配人は束《つか》の間逡巡《ましゅんじゅん》したが、

「承知いたしました」

と、頭をさげた。

尾崎は財布を開いた。そして、中から七万円を抜き出した。七万円を抜いても、まだ財布はふくらんだままだった。

尾崎さんて、金持ちだったんだ、と真志歩はあらためて知った。まあ、金持ちでもなければ、あのゴージャスな美咲とつきあっていられないかもしれないけれど。

五味恵子《けいこ》、それが宿泊客の名前だった。少年の名前は明《あきら》。住所は秋田県の田沢《たざわ》湖のある市になっている。連絡先は、番号からいって携帯ではなく、固定電話のようだ。

ホテルのロビーで早速、尾崎は五味の連絡先に電話した。しばらくスマートフォンを耳に当てていたが、やがて首をふりふり通話を切った。

「つながりませんか」

明が口にした名前はエリコだった。宿泊者名簿に書かれていたのは恵子。氏名も連絡先も虚偽の可能性があるのではないかと、真志歩も尾崎も案じていた。

「呼び出し音は鳴るから、まるきりでたらめな番号ではなさそうだ。まあ、五味家が母子二人の家庭なら、上京しているんだから、固定電話に出る人間がいなくても当然だね」

「秋田県だと、明君を華麗屋の前に置いてすぐに家に帰ったとしても、まだ着いているはずはありませんしね」

「その通り」

尾崎は明を見た。明は、ロビーのソファに座って人待ち顔で出入り口を見つめている。

「戻ってこないだろうなあ、母親は」

つぶやくには大きすぎる声だ。明には聞こえないだろうが、真志歩はなんとなくはらはらした。

「警察へ行くんですか」

小声になって訊く。美咲が警察に連れていけばいいと言っていた。

「さあ、どうしようかな。ちょっと町を歩いてみるかな」

尾崎は明の肩を軽く叩き、行こうという素振りをした。明は素直にソファから立ちあがった。

町を歩いてどうするのだろう。明の母親をつかまえられるとでもいうのだろうか。真志歩は疑問だったが、じゃ、私は帰ります、などと薄情なことも言えず、二人についていった。どうせアパートに帰ってもすることもない。

尾崎の足は吾川駅へむかい、ふたたび南口へ出た。ぶらぶらと散歩している速度だ。

「佐藤さん、ふるさとはどこ。近いの」

黙って歩いているのもつまらないから質問するよ、という口調で、尾崎は訊いた。

「いえ、北海道です」

「へえ、北海道のどこ」

「函館《はこだて》市です」

「ああ、行ったことあるよ。イカ刺しがおいしい町だね」

「はい、名物です」

でも、最近は不漁で市も憂慮している、といった情報は伝えない。

「日央大の学生さんだよね」

尾崎は、隣の市にある大学の名前を口にした。どうして分かったんです、と驚くほどのことはない。地方から出てきて吾川市に住む学生のほとんどは、日央大にかよっている。正式には日本中央大学だ。

「そうです」

「専攻はなに」

「文学です」

「そうか」

間があいた。日央大学は法学部で有名だ。たくさんの法曹を輩出している。だが、そこに入れなかったからといって、真志歩の出来が悪いわけではない。図書館司書の資格をとって、ゆくゆくは図書館に勤めたいと思っていただけだ。実際、とった。美咲のボーイフレンドにそんな説明をしても無意味だから、言おうとは思わないけれど。

すぐに尾崎は質問を再開した。

「正月なのに、家に帰らないの」

「どうせ四月になったら帰らなきゃなりませんから」

「あ、今年卒業？」

「そうです」

「ふるさとで就職を決めたんだ」

その通り。だが、真志歩は、そろそろ質問されてばかりいるのが嫌になった。

「七万円も立て替えて、五味さんが返してくれなくてもいいんですか」

「いいもなにも、ああでもしなければこの子の身元が分からなかっただろう。最近は、個人情報保護法とやらの法律のせいで、本当にみんな口が堅くなってしまって」

「お仕事は、そういう情報をとる関係なんですか」

「お、鋭いね。なんだと思う」

さっき読んでいた本からの連想が働いた。

「探偵……なんてことはありませんよね」

尾崎はほがらかに笑った。

「いいねえ。そういう名刺を作ろうかな」

「ちがうんですね？」

「うん。実は無職です」

無職？　それなのに、あんなに財布がふくらんでいるというのは、どういうことだ。真志歩の祖父と同じ身分なのだろうか。

「資産家なんですね？」

「そうなんですよ」

快活で、ちょっとおどけた言い方だ。

真志歩は首をかしげたくなった。八十歳間近の祖父が娘婿に社長職を譲って楽隠居しているのには、問題を感じない。しかし、四十歳かそこらでずっと遊んで暮らしていたら、退屈ではないのだろうか。いくらお金がありあまっていたとしても。

「仕事をしたことはないんですか」

「ないね、仕事と呼べるようなものは一度も」

「毎日なにをしているんですか」

「いろいろ」

「いろいろ？」

「たとえば、知り合いの女の子と初日の出を見に行った帰りに身元不明の子と出会って、お節介をするとか」

「はあ……」

華麗屋の前にさしかかった。

明がいち早く気づいて、華麗屋の扉に近づこうとした。尾崎が明の肩を押さえた。明は不審げに尾崎をふりかえった。

尾崎は華麗屋の先を指さした。明は不安そうな表情になった。

「なにか目的があって歩いているんですか」

真志歩は訊いた。

「あれー、きみももう歩きたくない？」

「歩くのはかまいませんが、理由が知りたいです」

「明君のお母さんをつかまえることができるかもしれない」

「まだこの周辺にいると思いますか」

「いるかもしれないし、いないかもしれない。なにしろ母子がなぜこの町にやってきたのか、分からないんだからね」

「それを言うなら、なぜこの子を華麗屋の前に置き去りにしたのかも」

尾崎は歩き出した。明がどうするかと思ったら尾崎についていったので、真志歩もつづいた。

「華麗屋とは関係がないと思うな」

尾崎は独り言のように言った。

「根拠はあるんですか」

「きみもけっこう追及型だね。いや、悪いことじゃないよ。なにも疑問を持たないより持ったほうが、穴に落ちずにすむかもしれない。天井に頭をぶつけるかもしれないけれど」

どういう意味だ？

「きみは、麗香や美咲が十歳くらいの子となんらかの接点があると思うかい」

「麗香さんなら、病院の関係で小さな子とも知り合うことがあるんじゃないでしょうか」

「そっちの線か。患者は、治療した医者の住まいなんかあまり知らないいんじゃないかな」

「まあ、そうかもしれません」

真志歩も思いつきでしゃべっただけなので、強硬に推したりはしない。

「柚木さんのお父さんとか、お母さんとかは？」

「ん？　二人の隠し子？　それもなさそうだな」

「お二人とも、亡くなってからだいぶ経つんですか」

真志歩は、普段から謎に思っていることを思い切って訊いてみた。

「母親は、二十年前に亡くなった。十歳くらいの子供をもつのは無理だね。父親は」

尾崎は途中で言葉を切り、質問をした。

「きみはいつからこの町に住んでいるの」

「大学入学の時からですから、四年前からです」

「そうか。じゃあ、四年前の夏の水害を覚えていると思うんだけれど」

「四年前の夏の水害？　この町で水害なんかありましたっけ」

尾崎は、目をしばたたいて真志歩を見た。

「阪神大震災や東日本大震災は覚えているだろうね？」

「あー、東日本大震災は函館でもかなり揺れました。阪神大震災は、まだ生まれていなかったけれど、ニュースかなにかで見たことがあります」

「そのレベルか」

尾崎が肩を落としたので、真志歩は申し訳ない気分になった。

「四年前の水害って、阪神大震災や東日本大震災となにか関連しているんですか」

「いやいや、そうじゃなくて……阪神大震災ですら知識でしかないなら、人ひとり行方不明になったくらいの水害を覚えているわけはないかと思って」

「すみません」

「謝ることはないよ。災害に遭った人たちにとっては一生記憶に残る出来事であっても、関係のない人たちからはすぐに忘れ去られてしまう。そのくらい、この国は自然災害が多いからね。仕方がないことだ。そのうち、阪神大震災も東日本大震災も忘れられてしまうんだろうな」

「もしかして、柚木さんのお父さんがその水害で行方不明になったんですか？」

尾崎はうなずいた。

「彼は消防団の団長だったんだ。梅雨も終わりに近いその日、吾川では大雨が降ってね。吾川川はちょうど護岸工事の最中で、かなり無防備な状態だったんだ。懸念した柚木さんは夕方、自転車で川を見に行った。そして、そのまま帰ってこなかった。一人で必死に土嚢《どのう》を積んでいたという目撃情報があったけれど、事実かどうかは分からない。一人の力でなんとかできるような雨量じゃなかったからね。川は両岸の二十数軒の家を水浸しにしたんだ。知るかぎり氾濫を起こしたことは一度もなかったのに」

尾崎は過去の記憶を辿《たど》るように、遠い表情になった。

「まさか柚木さんが被災するなんて夢にも思っていなかった。だけど、その後の警察の捜索で見つかったのは、柚木さんの壊れた自転車だけ。ちょうど川が溢《あふ》れ出した時間帯に柚木さんの見回りが重なっていたから、柚木さんは川に流されたんだろうというのが、警察の見解だった」

最後に尾崎は、聞こえるか聞こえないかの溜め息をついた。

お気の毒に、という薄っぺらい表現を、真志歩は口にしたくなかった。そもそも尾崎はそういう言葉を述べるべき相手ではないし。

「で」と、尾崎は気をとり直したように言った。「姉妹は華麗屋を守って、父親の帰りを待っている。麗香が三百六十五日一日も店を休まないと決めたのは、父親が帰ってきた時に店が閉まっていてがっかりさせたくないから、ということだ」

真志歩は、胸の深い部分を揺り動かされた。

「店長さんたちは、お父さんをすごく愛していたんですね」

一見、姉妹のどちらもそんなタイプには見えないけれど。

「うん、そりゃあもう、ね。母親が亡くなったあと、柚木さんが男手ひとつで育てたんだし。あの人が外で子供を作っていたなんて、考えられない。奥さんにべた惚《ぼ》れだったからね」

「尾崎さん、柚木さんの奥さんが生きていたころからのお知り合いだったんですか」

「ああ、美咲と昨日今日の知り合いだと思っていた？　ちがうよ。打ち明け話をしようか。麗香も美咲も知らない、ナイショの話」

真志歩は、横目で尾崎を窺《うかが》った。麗香も美咲も知らないナイショの話？　それを、それこそ昨日今日知り合った女のコにするか？

怪しむ真志歩を見て、尾崎はにんまり笑った。

「僕は華絵《はなえ》さん、柚木さんの奥さんに惚れていたんだ」

「え？」

「華絵さんはきみの大学の大先輩でね。僕が小学六年の時、僕の家庭教師をしていたんだ。僕は勉強そっちのけで華絵さんに恋をしてね、大人になったら十歳の年の差なんかはねのけて、華絵さんと結婚するんだと心に誓っていたんだ。それなのに、ああ、それなのに、華絵さんは大学を卒業すると同時にカレー屋なんかと結婚してさ。え、法律学んでいた人が一体なんのために十二歳も年上のカレー屋の妻になって、店を切り盛りしなきゃならない？」

それは柚木さんと大恋愛したからでしょうね。

さっきのしんみりした感動はどこへやら、真志歩は笑いたくなった。実際、笑った。するると、尾崎も声をあげて笑った。

「本気にしているね。冗談だよ」

なんてつまらない冗談だ。

それはともかく、「でも、それでも」と、真志歩ははるか以前の本題に回帰した。

「二十年も前に奥さんを亡くしたなら、ふっとほかの女性に心が動いても不思議でないような気がします」

「きみは見かけのわりに男心に精通しているみたいだね？」

真志歩が男心に精通しているなどということはまるきりない。祖母が「男心なんてアテにならない」と口癖のように言っていたのを思い出しただけだ。事実、祖母が亡くなって一年も経たずに、祖父は再婚した。相手はなんと、祖母が入院した先の看護師だった。びっくりもいいところだ。

それはともかく、「見かけのわり」というのは、どういう意味だろう。

「最初会った時、高校生のアルバイトだと思った。まさか今年大学卒業とは……美咲と並ぶと姉と妹だもんな」

「店長さんと並ぶと、って、まさか」

「美咲も大学へ行っていれば、今年卒業だよ」

思わず、真志歩は歩みをとめた。美咲が自分と同じ年とは信じられない。

「三つか四つ年上だと思っていました」

「五つも六つもちがって見えるよ」

真志歩は両手で頬を押さえた。皮膚の下で血が熱くなっている。

「ショック？」

「いや、まあ」

スッピンで、元旦だというのにセーターとジーンズ姿では、高校生と見られても仕方がない。高校生のほうがもっとお洒落なのではないだろうか。そう、高校時代の真志歩のほうがお洒落に精を出していた。

とはいえ、美咲も二十二歳でしかないのかと思うと、複雑な心境になってしまう。同い年の店長に使われていたのか。

「美咲さん、大学へ行かなかったんですか」

「志望大を落ちたんだな。それで、浪人中に父親を失って……大学に行く気が失《う》せたんだろうと思うよ。べつだん金銭的な問題で断念したわけではなくてね。麗香がすでに医者になっていたし、必要なら、僕が援助してもよかったんだから」

「落ちたのは、私と同じ大学ですか」

真志歩はストレートで合格した。そこぐらい勝ったかと思ったが、尾崎の返事はまたしても衝撃的だった。

「いや、京大。昔から形而上学的な疑問をもつ子でね。存在の意味を究めたいと言っていた。父親の行方が知れないままで京都に行く気になれなかったんだろうね」

「京大……そうですか」

一浪しても恥ではない目標だ。三回も四回も落ちたら、実力に見合った大学へ行けば、と言ってあげられるけれど。

話すうちに、商店街を通りすぎていた。真志歩の住むアパートへの横道をすぎたところでふと気がつくと、明の姿が左右どこにもない。

ふりかえると、明は十メートルも手前の道端に座りこんでいた。

真志歩はおいで、と手招きした。明は立ち上がろうとしなかった。

「どうしたのかしら。歩くのに疲れたのかな」

「あと少しなんだけどな」

「どこか行くアテがあるんですか」

「いやまあ、ちょっとね」

「連れてきます」

真志歩は明のもとに引き返した。

「もうちょっとだから、歩こう」

と、手をひっぱる。明は座りこんだままだ。これまでの控えめな態度をふり捨て、強く頭をふる。

尾崎も戻ってきた。

「疲れたの。しようがないな。おんぶしようか」

おぶうには年齢的にも体格的にもいくぶん大きすぎるように思えるが、尾崎は本気のようだった。後ろ向きにしゃがんで、明の腰に手をまわそうとした。すると突然、明はか細く泣き出した。

「いやだ、行きたくない」

声に出して意思表示した。

「どうして」

と訊いても、当然通じない。明は「いやだ、いやだ」と繰り返すだけだ。

「しようがないな」

尾崎は諦めた。膝を伸ばし、いま来た道を指さした。

「帰るよ」

明は立ち上がった。くるりと方向を変え、急ぎ足になって歩き出した。

よほど先へ行きたくなかったのだ。しかし、なぜだ？

3

華麗屋に戻ると、麗香がいた。お客のようにカウンター席に座って、カレーライスを食べている。

三人が入っていくと、麗香ははっとしたようにふりかえった。尾崎が「やあ」と低く片手をあげると、麗香は尾崎の顔を十分の一秒だけ見つめてから、「ひさしぶり」と口の中で言って、カウンターにむき直った。

麗香と尾崎が顔を合わせるところを、真志歩ははじめて見た。二人ともなんだかぎこちない。あまりいい関係ではないのだろうか。

美咲が厨房から出てきて、眉をひそめた。

「なんでその子が一緒なの」

「その子じゃない。明君というんだ」

尾崎はどうしてか自慢げな調子で言った。

真志歩はふたつあるテーブル席のひとつに明を座らせ、ついでに自分も腰をおろした。明が手近のボックスに並んだ本に興味をもったようなので、一冊取り出して与えた。四年前から更新されていないマンガ雑誌だが、明はそそくさとページをめくった。

美咲の尾崎への質問はつづいている。

「子供の名前が分かって、それで保護者は見つかったの」

「いいや。とりあえず連絡先はゲットしたけれど、多分」

「でも、連絡はついていないのね。どうして警察に連れていかなかったのよ」

「あらあら」

と、麗香がナプキンで口もとをぬぐいながら話に割り込んだ。

「あんな美しい子を、簡単に警察にわたしちゃいけないわ」

「迷子をいきなり児童相談所に連れていくわけにはいかないでしょう」

「本当に迷子なの」

麗香は立ち上がって、明のいるテーブル席へ来た。明は小さく肩を震わせて、雑誌から目をあげた。

麗香は、手にしていた大きなバッグから手帳とボールペンを出した。手帳を開き、『こんにちは。わたしの名前は麗香、「れいか」と読むの。よろしくね。』と書いた。

ああ、そういえば、私は明君に名乗っていない、と真志歩は気がついた。麗香のボールペンを借りて、ナプキンに『わたしは佐藤真志歩《さとうましほ》』と、名前にふりがなをつけて書いた。明は短い視線をむけただけだった。

尾崎も美咲もこちらの席に来た。

麗香はさらに書いた。

『あなたのお母さんの名前はなんていうの。』

明は文字を食い入るように見つめ、つぶやいた。

「お母さん……」

『エリコ？』

尾崎が手を出して、書きくわえた。

『それとも恵子《けいこ》？』

「なに、その恵子って」

美咲が訊いた。尾崎はホテルで仕入れた情報を説明した。

「明が泊まっていたホテルの宿泊者名簿に書いてあったんだよ。五味恵子って」

「へえ。偽名でホテルに泊まったということなのかな」

「それとも、恵子とエリコと二人の人物が存在するとか」

「まさか。そんなに登場人物を増やして話をややこしくしないでよ」

「恵子とエリコが同一人物だとしても、ややこしい話だぜ。エリコはなぜ偽名でホテルに宿泊しなければならない？　明を置き去りにする目的があったから？」

いくらなんでもそんなことはありえない、と真志歩は思った。口をはさんだ。

「最初から明君を置き去りにするつもりでこの町に来たのなら、ホテルになんか泊まらないと思います。着いたその日に実行しているはずです」

「そうだよな」

尾崎は嬉《うれ》しそうにうなずいた。明に手帳を示し、ペン先を『恵子《けいこ》』と『エリコ』の間で行き来させる。ついでに指を二本たてて見せた。二人いるのか？　と訊いたつもりだろうが、明に通じたかどうか。

明は、全身を固くしている様子だった。四人もの大人に囲まれて興味津々に見つめられたら、子供としては普通の反応かもしれない。

とうとう明は口を開いた。蚊の鳴くような声で、

「お母さんって、なに」

と言ったので、四人の大人は脱力した。

そういえば、明は「エリコ」とは言っているが、「お母さん」とは口にしていない。てっきり母親だと思い込んでいたけれど、母親を名前で呼ぶ子供はそうそういないだろう。

「もしかして頭のどこかに欠陥があるんじゃないかな」

尾崎が言い、

「耳が悪く生まれたために、きちんと教育されていないのかも」

真志歩が言い、麗香が首をふった。

「私にはそうは見えないわ。だって、字が読めるんだし、言葉もしゃべれる。しかも、小声だけれど滑らかな発音をしているわ。教育をきちんとされていなかったり、もともと脳に問題があったりしたら、滑らかに言葉をしゃべる能力は身についていなかったと思う。ついでに言うと、補聴器をつけていないわね。つまり、補聴器が役に立たない重度の難聴ということだわ。ただし、そうだとすると、滑らかな発音を身につけるのは至難の技だから、生まれつきの難聴ではないと考えられるわ」

医者なので、説得力がある。

「突発性難聴、とかいうやつ？」

「ええと、突発性難聴は、一般的に片耳にしか起こらないものなの。この子は両耳みたいだから、十中八九ちがうわね」

「そうなんだ」

「こういうことは考えられないかしら」

美咲がいくぶんいたずらっ子のような顔つきで言った。

「この子は、恵子かエリコかに幼い時に誘拐されたのよ。それで、お母さんもお父さんも知らずに育ったの」

「で、恵子だかエリコだかは、いまごろになって明を育てるのが嫌になって捨ててしまったというわけ？」

麗香がやや皮肉っぽく言った。

「いや」と、尾崎が言う。「捨てるつもりはなかったのかもしれない。親もとに返しに来たんじゃないのか。もしかしたら、金と引き換えにしようとしたのかもしれない」

「幼いころに誘拐した子を、どうしていま時分まで身代金の対象にしなかったの。というか、なぜ誘拐した最初に身代金をとろうとしなかったの」

美咲が突っ込む。

「それは、はじめはかわいいから誘拐したんだけれど、いまになって生活が苦しくなって明君を返す代わりにお金を要求しようと思ったんじゃないのかな。きっと贅沢《ぜいたく》な女なんだよ。なにしろファンタスティコに泊まっていたくらいだからね」

「え、ファンタスティコに泊まっていたの」

「そうなんだよ」

会話を聞いているうちに、真志歩の想像がふくらんだ。

子供がほしいけれどできない夫婦がいて、この町のどこかでベビーカーを見つけ、保護者が目をはなした隙に、乗っていた赤ん坊をつい出来心で連れ去ってしまった。そして、これまで我が子として育ててきた。しかし、破産かなにかでこれまで通り育てることができなくなったため、本当の親もとに返そうと明をこの町に連れてきた。

と、ここまで考えて真志歩は思い直した。

「かわいくて誘拐したのなら、名前でなくて、お母さんと呼ばせるんじゃないでしょうか」

「言えてるね」

美咲が賛同し、尾崎が埒《らち》もない説をあげた。

「案外、名前で呼び合うモダンな家庭だったりして。美咲は八つも年上の麗香を呼び捨てにしているだろう」

「いくら私でも、お父さんを達也とは呼ばないわ」

「じゃあ、エリコはお姉ちゃんなのかな」

「そういえば」真志歩は思い出した。「明君は店長さんを見て、エリコじゃない、って言ったんですよね。エリコさんって、店長さんと同じくらいの年齢と容貌なんじゃないでしょうか」

「美咲と同じくらい？」

麗香がボールペンをとりあげて手帳に、『エリコさんは、この人に似ている？』と書き、美咲を指さした。

明はいくらか恥ずかしそうに言った。

「コートと髪の色」

「ああ、大きな情報だ」

尾崎が笑いながら言い、美咲が鼻を鳴らした。

「髪を私と同じ色に染めて黒いコートを着ている女の人なんか、この町だけでも星の数ほどいるわよ」

明が急に立ち上がった。

「トイレ」

「あっち」

麗香が店の左手奥を指さした。明はちょこまかと歩いてトイレに入っていった。それを見送りながら、美咲が言った。

「ねえ、どうするのよ、本当に」

「警察、かね？」

「なんで華麗屋の前かなあ」

麗香が嘆息するように言った。尾崎がいくぶん不真面目な口調で、

「佐藤さんの説にしたがえば、達也さんの隠し子だからかもしれないよ」

「ええっ」

美咲も麗香も、驚き顔を真志歩にむけた。真志歩は赤くなって、片手をふった。

「いえ、たんなる思いつきで言っただけです」

麗香も美咲も聞いていない。美咲が栗色の髪の毛を指に巻きつけながら感慨深げに、

「そりゃあまあ、二十年も独身だったんだから、なんにもなかったとは思えないけれど」

と言えば、麗香は気色ばんだ様子で、

「お父さんにかぎって、そんなことはないわよ。毎日欠かさず、お母さんの写真にカレーをあげていたのよ。それで、なにかあるたびに、写真に話しかけていたのよ。ほかの女の人とどうにかなろうなんて気は起こさなかったはずよ」

と、まくしたてた。

美咲よりも麗香のほうが父親に母親一筋であってほしいと願っているのか、と真志歩は意外だった。麗香のほうが年上の分だけ、親を客観的に見られるのではないかという気がした。もっとも、自分の母親を思い起こしてみると、年をとっているからといってファザーコンプレックスなど無縁だと考えるのは明らかなまちがいだった。

真志歩の母親は祖父、つまり母親の父親が再婚するのにずいぶんと腹をたてていたし、いまも腹をたてている。それは、単に財産の問題ばかりでなく、父親が母親以外の女性と結婚することに嫌悪感を抱いたせいだ、と真志歩は睨《にら》んでいる。母親は金持ちの一人娘で、我儘《わがまま》いっぱいに育ったようだから。

「それでも、お父さん、もてたからなあ」と年下の美咲は、冷静に言う。「知っている？　お父さん目当てにカレーを食べに来るお客さんが何人もいたんだよ」

「知っているわよ。お父さんが行方不明になったという記事が出た直後は、お客さんが何人も心配して電話をくれたけれど、そのほとんどが女の人だった」

「達也さんは超美人の華絵さんとお似合いの超ハンサムだったんだ」

尾崎が真志歩に説明した。

なるほど、母親が超美人で父親が超ハンサム、それで子供たちも美女というわけだ。

「遺伝子のなせる業《わざ》」

真志歩がつぶやくと、

「遺伝子か」

麗香は思いついたらしく、

「明君がお父さんの血を引いているとしたら、お父さんにも私たちにも似ていていいんじゃないかしら」

明がトイレから出て、こちらに戻ってきた。その様子を見ながら、美咲がなんの感情もにじませずに言った。

「かわいい子だけれど、似ていないね、私たち家族には全然」

「まあ、そうね」

麗香は嬉しそうだ。尾崎が美咲を見て、まぜっかえす。

「とは言え、きみたちだって達也さんにはさほど似ていないぜ。明君も母親に似れば、達也さんにもきみたちにも似ていなくて当然じゃないか」

「DNA鑑定をすれば、はっきりするかもしれませんね」

真志歩が言うのに、麗香が首をふった。

「お父さんのDNAが残っていれば精度が高いでしょうけれど、私たちのDNAだけじゃどうかしら」

「お父さんのDNAかあ」

美咲がしんみりとつぶやいた。妹がなにを考えたか読んだらしい、麗香はすぐさま言った。

「お父さんが出てきたら、DNAじゃなくて、本人の口から直接隠し子がいるかどうか聞けるわよ」

美咲は一瞬の間を置いたのち、うなずいた。

「そりゃそうね」

姉妹はあくまでも父親が生きていると信じているらしい。あるいは、信じているふりを貫いているようだ。

トイレから戻ってきた明は、前と同じ席にひっそりと座っていた。あまり静かなので、ふと顔を見ると、居眠りをはじめていた。

「疲れていたんですね」

「そうねえ」

聞こえないのだから周囲の物音で目覚める心配はない。真志歩たちは変わらない声でおしゃべりを続けた。

不意に扉が開き、カウベルが鳴った。

人が入ってきた。

明の目がパッと開いた。たまたま明に視線をむけていた真志歩は、おや？　と思った。明がカウベルの音で目を覚ましたように見えたのだ。

明は大きな目で扉を見た。

入ってきたのはエリコではなかった。華麗屋の馴染《なじ》みの客だった。同じ商店街にある美容室の一家四人だ。名字をそのまま店名にしていて、「美容室・中島」という。

にぎやかな空気がつむじ風のように店内に広がった。

「あいててよかった」

美容室・中島の女主人がいかにも嬉しそうに叫んだ。小学生の子供二人がカウンター席のスツールに飛びつく。そのあとから美容室・中島の店長が二人の子供の間に腰をおろした。正しくはおろそうとした。

「ちょっとちょっとご挨拶」

と妻に言われて、夫は腰をおろすのをやめ、テーブル席に座っている五人のほうをむいた。夫は店長とは言っても名ばかりで、妻に主導権を握られている。店でも床を掃いたりシャンプーをしたり、助手のような仕事しかしていない。美容師の免状は持っているらしいのだが、妻よりも腕が悪いのかもしれない。

中島夫妻は声をそろえて、

「あけましておめでとうございます。本年もよろしくお願いいたします」

と、深々と頭をさげた。

この時はすでに麗香も美咲も椅子から立って頭をさげていた。

「おめでとうございます。こちらこそよろしくお願いいたします」

真志歩が厨房へむかおうとしたが、麗香がとめた。

「いいわよ。今日は私がする」

素早くカウンターの内側に入っていった。

「なにになさいますか」

「僕、豚」

と、小学校五年生の兄が元気一杯に言うと、二年生の弟も、

「豚」

と言い、父親は「チキン」、母親は「今日のカレー」を注文した。

「もうね、朝も昼もお餅で、子供たちが夜もお餅なんて嫌だって言うのよね。しかも、

まだ四時なのに、もうお腹がすいたって。でも、私、あらためてご飯を作る気になんかなれなくって」

　麗香は手早く注文の品を用意しながら、

「大晦日の美容室は、忙しいんでしょうね」

「ええ。でも、母の代にくらべたら、全然たいしたことありませんね。昔は夜通し髪を結っていましたからね。それも大概が日本髪だから、時間がかかって」

　中島夫が言った。美容室・中島は中島夫の母親から引き継がれたものであるらしい。

「いま日本髪を結う人なんかいるんですか」

　中島妻が大きく手をふった。

「いない、いない。だからまあ、景気がいいとは言えないわよね」

　そう言いながらも、中島妻は満面の笑みだ。それから中島妻は、真志歩たちのいるテーブル席をふりかえった。

　テーブル席で、明が中島一家をずっと見つめていた。夢見るような、それでいてどこか寂しげな表情だった。

「親戚の子？」

　と中島妻は訊き、こんにちはと明に声をかけた。

「何年生？　うちの裕太《ゆうた》と同じくらいかな」

その一言で、兄の裕太が明をふりかえった。明ははにかんだように目をそらした。

「あ、耳が悪いんです。なんにも聞こえないみたい」

真志歩は急いで説明した。中島妻は「まあ」と同情する顔になった。裕太は明を一通り観察してから弟の幸太《こうた》にむき直り、なにかささやいた。

「親戚でもなんでもないんです」と、美咲が言った。「店の前に何十分も立ちつくしていたんですって。それで、店内に入れたそうなんだけれど」

と、真志歩を目でさす。真志歩は責められているような気がして、体を縮めた。

「外、寒かったんで」

「たった一人で立っていたの？　迷子？」

「あー、そういえば、この子か」

明をじろじろと眺めていた中島夫が、素っ頓狂な声をあげた。華麗屋の面々は、色めき立った。

「この子を知っているんですか」

「いや、知っているというほどじゃないけど。昨日、いや、一昨日《おととい》か。三十日の昼すぎ、進藤《しんどう》アパートの付近で大泣きしているのを見かけたんだ。母親が手をひっぱって先に進もうとしているのに、どうしても嫌だ、みたいな感じで。こんなに大きくなってから幼児みたいに泣きじゃくっているもんで、ついまじまじと眺めてしまったよ」

「やはりこの子でしたか」

尾崎が言った。

「やはり、って、尾崎さんも見かけたの」

美咲が咎《とが》めるように訊いた。尾崎は面目なさそうに頭をかいた。

「いや、実は僕もその大泣きしているところを見かけたんだけれど、この子だったとはっきり確信がもてなくて」

真志歩は、尾崎の行動にやっと合点がいった。

「だから、明君を連れて歩いたんですね」

「うん。ただ、さっきは進藤アパートの何メートルも手前で立ち止まってしまったけれどね」

「進藤アパートの先に、すごく嫌な記憶があるのかしら」

美咲が言い、麗香がカウンターのほうから注文の品を並べながら言った。

「すると、この子は以前この町に来たことがあるということになるわね」

「来ただけでなく、住んでいたのかもしれない、進藤アパートの近辺のどこかに」

「でも、それが分かったからといって、事態が進展するわけでもないわ。ホテルにあった住所は秋田県なんでしょう」

美咲が水をさした。

「親戚がこっちにいるのかもしれないよ」

尾崎が言い、中島妻がカレーを食べる手をとめて首をひねる。

「五味なんていう名字、この辺にあったかしらね」

美容室ではお客に必ず名前を訊くので、けっこうこの町の住人の名字に詳しいのだろう。

「もちろん、五味サンがいたとしても、うちのお客になるとはかぎらないけれどね」

麗香が中島夫相手とも尾崎相手ともつかず尋ねた。

「それで、明君が泣きじゃくって、そのあとどうなったんです」

「僕は気にはなったけれど、忙しかったんで、最後まで見ていなかった」

と暇人のはずの尾崎。中島夫は最後まで見守っていたらしく、言った。

「諦めたね、母親のほうが。で、前に進まず、いま来た道を引き返すという感じで、駅のほうへ歩いていったよ」

「一緒にいた母親というのは、どういう人でした」

「それが俺、母親のほうはよく見ていないんだなあ」

尾崎がいかにも残念そうに言い、中島夫は慎重な口ぶりで言った。

「質素ななりだったたな。年増だったけど、顔はけっこう美人だったよ。どっちかというと、美咲さんに似たタイプの」

「あんた」と、中島妻が夫を軽く睨んだ。「母親が美人だったから、覚えていたのね」

「そんなことないよ。大きな子があんなふうに駄々をこねているのに、怒りもせずにただ困った顔をしているだけだったんで、ちょっとばかり記憶に残ったのさ」

「どうだか」

「美人とはいっても、顔色が悪くてそんなに魅力的じゃなかったってば」

中島妻はぷいと横をむいて、カレーを食べるのに専念し出した。

「そうか。怒っていなかったのか」

尾崎が考え深げに言い、中島夫はうなずいた。

「そう。そんなに嫌なの、とかなんとかやさしく話しかけていたよ」

うちのかみさんとは大違いだ、と言いたげな視線がちらりと中島妻をかすめたが、妻は気づかなかったようだ。

そして真志歩は、母親って耳の聞こえない子にも話しかけるものなのか、と感心していた。

尾崎は、ズボンの尻ポケットからスマートフォンをとりだした。問いかける目をした美咲に、

「秋田にもう一度電話してみる」

と言って、発信ボタンを押した。

今度は誰か出たらしい。

「あー、もしもし、五味さんのお宅ですか」

尾崎は弾んだ声で話しはじめ、みんなの注目を集めたが、

「東京の尾崎と申しますが、恵子さんいらっしゃるでしょうか……え……あの、じゃあ、エリコさんという方は……あー、そうなんですか。その方の連絡先を教えていただけますか……あー、そうですか。すみません。お邪魔しました」

冴《さ》えない顔で電話を切った。美咲が期待のない口調で訊いた。

「どうだったの」

「うん。電話に出たのは、恵子という人のお兄さんの妻ということだ。それで、恵子さんは死んでいるらしい、もう何年も前に」

「死んだ人の名前を騙《かた》ったというの、ファンタスティコに泊まった女性は？」

「ということになるね」

「で、エリコのほうは？」

「エリコも電話の主の小姑《こじゅうと》だね。つまり、恵子の姉」

「そっちは存在しているのね？」

「うん。でも、エリコはお兄さんと喧嘩《けんか》別《わか》れして、つきあっていないというんだな。どこに住んでいるかも知らないって」

「えー」

しばらく店内は重苦しい空気に包まれた。明は自分のことで空気が重たくなったと気づいているようだ。頭を垂れ、上目遣いできょときょとと辺りを見回している。

麗香がカウンターの内側から出てきて、テーブル席へ来た。

「五味家の電話番号を教えて」

言いながら、自分の大きなバッグからスマホを取り出した。

「なにも訊き出せないと思うよ、エリコの名前を出したとたんに、けんもほろろという感じだったから」

麗香はスマホを見つめたまま、「番号を」と言った。尾崎は肩をすくめて、自分のスマホに記録した五味家の電話番号を読みあげた。

「もしもし」と、麗香はあたりのいい声で言った。

「私、先程お電話した尾崎の知人で柚木と申します。突然お電話さしあげて恐縮なのですが、実は五味恵子さんと名乗る方のお子さんで明君という子をあずかっているものですから……はい、恵子さんが亡くなっているということは先程のお電話で知りました。恵子さんにはお子さんがいらっしゃらなかったのでしょうか……ええ……ええ……ああ、そうですか……ちなみに、恵子さんの結婚後の名字は？……福田さん？……え、福島？……福岡《ふくおか》さんでいいんですね……それであの、恵子さんのお姉さんのエリコさんのほうにはお子さんは……ええ……ええ……あの、それで、明君をそちらに連れて……」

　麗香はスマホから耳を離した。

「切られた」

「そりゃあ、いきなり子供をひきとれと言われたらね」

「ひきとれと言ったわけではないわ。連れていきたいと言おうとしただけよ」

「ひきとれというのと、どうちがうのよ」

「養護施設に入れるのでも、親族がそばにいる土地のほうがいいでしょう」

　養護施設、麗香はもうそこまで考えているのか。真志歩は明の細い体を抱きしめたくなったが、もちろん実行はしなかった。

「で、明君は恵子の子供なの、エリコの子供なの」

「恵子には子供がいるはずだけれど、エリコに子供がいるかどうかは分からないって。なにしろ、兄貴の友達のところに嫁に行けというのに大学に進学するんだといって家を出て、それっきり帰ってこなくなったということで。結婚しているかどうかも分からないそうよ」

「恵子の子供というのは何歳くらいなの」

「あ、訊かなかった」

　美咲はしかめっ面《つら》をした。

「まったくもう、二人とも、子供の遣いなんだから」

「でも、彼女はきっと知らないわよ。恵子の結婚後の名字だって、福田とか福島とか福井とかさんざん迷った末に福岡と言ったんだから」

カウンター席のほうから中島夫の声がかかった。

「福田さんは、お客さんの中にいますね。それから、福島さんも昔はいたね。福井さんとか福岡さんとかは知らないなあ」

「いないということですか」

「そうとは言い切れないな。うちへ来ていないだけかもしれないから」

美容院の名簿は、人捜しのためには完全とは言いがたいようだ。

「あ、そうだ」

ぽんと手を打って、尾崎が手帳に質問を書いた。

『きみの名前は五味明？　それとも、福岡明？』

明は眉をひそめて、文字を眺めた。それから、言った。

「分からない」

「あー、これだ」

尾崎は芝居めかしく頭を垂れた。

「どうして自分の名前が分からないんでしょう」

真志歩は腑《ふ》に落ちなかった。自分の名前が分からないような少年には見えない。故意に名前を隠しているのだとしたら、どういう理由があるのだろう。

明は、がっくりと頭を垂れた尾崎を沈んだ目で見ている。名前を隠していることを申し訳なく思っているように見えなくもない。

「ご馳走さま。コーヒーもらえるかしら」

中島妻の声がかかった。「今日のカレー」には無料のコーヒーがついている。無料のコーヒーつきでないチキンカレーの中島夫も言った。

「俺もコーヒーを」

「はーい」

麗香は厨房に戻っていった。

カレーを食べ終わった中島家の子供たちが好奇心に満ちた様子で明を眺めている。とうとう裕太が声をかけた。

「何年生？　俺、五年生」

明は、裕太になにか問いかけられたことが分かったらしい。びくっとして真志歩の陰に体をひいた。

「耳が悪いんだって。ちょっかい出しちゃ駄目だよ」

中島妻が裕太に言った。

「そうなの」

裕太は不満そうだった。

「どうしたものかね」

尾崎が天井を仰いでつぶやいた。

「だから警察」

と美咲が言いかけるのを遮って、真志歩は言った。

「私たち、明君に肝心なことを訊くのを忘れていました」

「肝心なことって」

真志歩は麗香の手帳にボールペンを走らせた。

『エリコさんは、戻ってくるからこのお店の前で待っていなさいと言ったの？』

明は読むと、力強くうなずいた。

「すぐに用事をすませてくるから待っていなさい、って」

明は言った。これまでの明の発言の中で最も明瞭な声だった。

蚊の鳴くような声しか聞いていなかった真志歩は、ひどく感動した。尾崎も同様だったようだ。

「そうか。やっぱりエリコは戻ってくるんだ」

尾崎はとびきり明るく言った。

カウンター席で中島夫妻も手を叩いた。

「よかったね」

「え、なに、いいことがあったの」

麗香が六人分のコーヒーを持って厨房から出てきた。中島夫妻にコーヒーを出してから、テーブル席にやってくる。

「ほらほら。明君がこれにうなずいたんだよ」

尾崎が麗香に真志歩の質問を示した。

「へえ。じゃあ、待っていれば必ずエリコはここに来るのね。よかったわ」

麗香は、明にやさしくほほえみかけた。尾崎のように手放しで喜ぶという様子ではなかった。

そういう点では、美咲も姉と似たようなものだった。美咲の顔半分が仏頂面だった。エリコの発言を信じていないのかもしれない。

そして、質問した本人の真志歩も、明の明瞭なしゃべりに感動はしたものの、全面的に安堵《あんど》したわけではなかった。世間には守るつもりのない約束をする人間もいる。エリコがそういう人物ではないと信じる根拠はなにもない。なにしろ、明を店の前に残していってからすでに五時間近くが経過しているのだ。エリコの「すぐに」というのが半日とか一日とかを意味するのでないとしたら、とっくに戻ってきてもいいはずだ。

4

中島一家が帰ってしまうと、「佐藤さんも今日はもういいわよ」と麗香に言われて、真志歩は華麗屋をあとにした。柚木姉妹が明をどうするのか気がかりではあったけれど、だからといって自分がなにかできるわけではないので、目をつぶった。

ちょうどアパートの部屋に入ったところで、「世界に一つだけの花」のメロディが流れはじめた。スマホの着信メロディだ。炬燵の上から聞こえている。

真志歩は仰天した。家を出る時ポシェットに突っ込んだつもりだったのに、炬燵に置きっぱなしだったのか。信じられない、スマホなしで一日すごしていたなんて。

案外スマホなしでもやっていけるのかもしれない、と思った。スマホさえなければ、あの人とも話さなくてすむし。

誰からの電話かは、表示を見なくても分かっていた。実家の母親だ。日に一回、必ず母親は電話をよこす。時間は不定期だ。どんな時間であっても、真志歩が応答することを期待しているのだ。いい加減うんざりだった。だが、出ないわけにいかなかった。

真志歩は画面をタップした。

「あー、やっと出た」

溜め息のような声が耳に流れてきた。

「朝から何度も電話したのよ。どうして出なかったの」

アルバイトをしていることは内緒だ。スルリと嘘《うそ》が口から出た。

「大学の図書館にいて、電源を切っていたの」

「大学の図書館って、お正月でもあいているの」

「あいているよ。正月休みは卒論を書く最後の機会だからね。大学としても、図書館くらいはあけておいてくれなくちゃ」

真志歩は、とっくの昔に卒論を提出している。しかし、親には、まだ卒論を仕上げていない、だから家に帰れない、と言ってある。

「まだ終わらないの」

「まあ、大学の休みあけにはなんとか形になると思うけれど」

「そう。それならいいけれど。卒論を出せずに卒業できないなんてことになったら、大変だからね」

そうか、そういう手もあったか、と真志歩は早々に卒論を提出したのを悔やんだ。

「で、いまも卒論の執筆で忙しいから」

切るよ、と言う前に母親の愚痴がはじまった。

「前島《まえじま》さんが今朝のおじいちゃんのお雑煮に、私たちと同じ大きさのお餅を入れようとしたのよね」

前島というのは、祖父の再婚相手の前の名字だ。いまはもちろん佐藤という名字になっている。佐藤紀久子《きくこ》だ。しかし、母親は決して紀久子をお義母《かあ》さんとかおばあちゃんとか呼ばない。本人のいないところでは前島さん、本人の前では紀久子さんと呼ぶ。もっとも、紀久子と母親は六歳しか年齢が離れていないので、紀久子にしてもお義母さんとかおばあちゃんとか呼ばれたくはないだろう。とはいえ、陰で結婚前の名字で呼ばれていると知ったら、いい気持ちはしないかもしれない。

「それで、私がとめようとしたら、怒ってね。弘太郎《こうたろう》さんを年よりあつかいしてはいけないって」

紀久子は真志歩の祖父を、つまり自分の夫を弘太郎さんと呼んでいる。

「そりゃあ、私だって、親には若くあってほしいわよ。でも、七十七歳は七十七歳なんですもの。立派な老人じゃない。老人はよくお餅を喉に詰まらせるでしょう。毎年、お正月になると、老人がお餅を喉に詰まらせて亡くなったという記事が載るじゃないの。お餅を小さく切ってあげればすむだけのことなんだから、そうすべきでしょう。どう考えても、前島さんは、おじいちゃんが早く死ぬことを狙っているんだわ」

やっぱりそう来るか。母親は祖父が紀久子との結婚を決めた時から、紀久子が遺産目当てで祖父に近づいたのではないかと疑っている。しかし、真志歩には紀久子がそういう人柄には見えない。美人とは言えないけれど、ホスピスの看護師をするのにふさわしい、やさしい眼差しと声をもっている。接していると落ち着いた気分にさせてくれる人だ。

「前島さんはそんなことは思っていないでしょう。おじいちゃんが死んじゃったら、家を出なきゃならなくなるもの」

「あのね、この二世帯住宅の名義がまだおじいちゃんのものだって、知っているでしょう。おじいちゃんが亡くなったら、路頭に迷うのは前島さんではなくて、私たちなのよ」

不正確な認識だ。母親は、祖父の土地に二世帯住宅を建てた際に生前贈与ということで敷地を自分の名義に替えさせている。祖父が亡くなって住宅が紀久子に相続されたとしても、真志歩たちがあっさりと家を追い出される心配はないのだ。母親名義の敷地でもって対抗できるのだから。しかし、何度言っても、母親の頭からそのことが抜け落ちてしまう。真志歩は辛抱強く同じ説明をくりかえす。

「家から出ていけと言われたら、敷地から立《た》ち退《の》けと言えばすむことよ。前島さんだってそうなることは分かっているだろうから、無茶なことは言わないわよ」

「分からないわよ。敷地を買いとると言い出すかもしれない。子供よりも妻のほうが遺産の取り分が多いって言うじゃない。前島さんに入った遺産で、ここの土地なんか充分に買えると思うわ」

母親は、子供よりも妻のほうが多く遺産が入るなんていう、新しい知識を仕込んでいる。そりゃあ、まあ、弘太郎が亡くなったら、紀久子も赤の他人と上下で住んでいたくないかもしれない。なにか手を打ってくる可能性はある。

「そのお金で敷地を買うんじゃなくて、マンションを買って引っ越しするかもしれないよ。なんたって、うちは一人で住むには広すぎるもの。そうなったら、万々歳《ばんばんざい》じゃないの」

ものごとは明るい方向に考えるべきではないか。

しかし、紀久子に関連することとなると、母親は頭の回転がひどく速くなる。

「そうして、私たちから借家賃をとれば、申し分ない生活費になるものね」

真志歩は、できるだけ母親の愚痴を聞いてあげようと思っている。なにしろ、彼女の夫、つまり真志歩の父親は、いるのかいないのか分からないような人で、母親はもうとっくに夫とのコミュニケーションを断っている。母親には真志歩以外、愚痴る相手がいないのだ。しかし、真志歩は今日はもうこれ以上、母親を宥《なだ》めすかす気にはなれなかった。

「切るわよ。図書館での調べ物を整理したいから」

「冷たいのね。そうやって切って、明日お母さんたち三人が死んでいたら、後悔するんだから」

「なに馬鹿言っているのよ」

「馬鹿じゃないわよ。本当に心配なのよ。毒物をいくらでも手に入れられる人がいま家にいるんだから」

毒物をいくらでも手に入れられる人。真志歩の心臓がことりとひとつ大きく跳ねた。同時に、今朝の息が苦しくなるような夢をまるごと思い出した。おじいちゃんが殺されたという知らせとともに、身に危険が迫っているとして、生まれ故郷のアフリカの森から全速力で逃げ出した夢だ。

そう、あの夢の中で、真志歩はなぜかゴリラとチンパンジーの中間のような姿をしていた。そして、おじいちゃんというのは真志歩同様ゴリラとチンパンジーの中間の姿をした群れの統率者であり、彼を殺したのは群れを手中にしようとしている若く野心的なオス……いや、彼が犯人だという確証はなかった。ただ、真志歩の母親であるゴリラ＝チンパンジーがそう言ったから、そう信じただけだ。

現実の母親に洗脳されたような、ひどい夢だ。真志歩は夢を頭から払いのけた。

「前島さんも裕貴《ひろき》さんも、そんな悪い人じゃないわよ」

裕貴というのは、紀久子の連れ子だ。といっても、札幌の大学院に行っていて、普段は札幌にいる。正月だから、紀久子のもとにやってきているのだ。去年のクリスマスの電話で母親は「裕貴が年末年始に来るって言うのよ」と、いかにも顔をしかめていると分かる口調で話していた。

裕貴は有機化学を専攻していて、それで毒物をいくらでも入手できると、母親は信じている。しかし、それはうがちすぎというものだ。一介の院生が勝手に研究室の備品を外部に持ち出せるわけがないし、それよりもなによりも、野心的なオスではない裕貴が家を乗っ取るために人を殺そうなどと考えるはずはない。

「おじいちゃんと結婚した日、仲よくしようねって、とてもやさしく言ったよ、二人とも」とくに、裕貴が。

母親は、一蹴した。

「あなたは若くて、まだ人を見る目がないのよ」

「じゃあね」

真志歩は電話を切った。ついでにスマホの電源も切った。もう今日は絶対に母親と話したくなかった。

無性に裕貴と会いたかった。真志歩は裕貴に恋している。いつからこんな気持ちになったのか、分からない。

はじめて会った時は、やさしそうな人だと思っただけだ。札幌の大学生だから、ほとんど会うこともないし、関係ない人だと思っていた。

しかし、さすがに完全に無関係というわけにいかなかった。裕貴は少し長い休みになると、帰省して真志歩の家に泊まった。いや、真志歩の家ではなく、裕貴の家でもある。

二世帯住宅といっても、家には台所と食堂がひとつずつしかない。食事ぐらい一家団《いっかだん》欒《らん》でとろうというのが祖父の方針だったし、祖父が紀久子と結婚するまではそれでなんの不都合もなかったからだ。真志歩は祖父の結婚から半年の間はまだ家にいたから、帰省した裕貴と同じ食卓を囲むことになった。

「あの子、グラスを持つ時、小指を立てているわ、男の子なのに」

ある時、母親がそう言った。それで、真志歩は注意して裕貴の動作を見るようになった。確かに裕貴は何度か小指を立ててグラスを持つことがあったけれど、真志歩はその女性っぽい仕種よりも裕貴の指に見とれた。細くて、優雅で、とても繊細な動きをした。ミリ単位の物質をあつかう分野ではさぞ有利だろうと思われた。

裕貴は、いつも率先して食事の後片付けを手伝った。ある食後、「後片付けは若い二人にやらせればいい」という祖父の一言で、真志歩も食器を洗う羽目に陥った。ビルトイン式の食洗機はあったが、六人家族には小さすぎて、無用の長物と化していた。

「私、受験生なんだけれど」

裕貴が美しい指で洗った食器を拭きながら、真志歩はこぼした。

「そうだね。なにか分からないところはある？」

と、裕貴は受けた。真志歩はその言葉に飛びついた。

「数学、メッチャ苦手」

「文系なのに、数学の試験があるんだ」

「そう。数学さえなければ、楽勝なのに」

「ふうん。文系の数学か。理系を目指す子の数学は今じゃちょっと自信がないけれど、文系のなら教えられると思うよ」

それで、その日から、裕貴は真志歩の数学の家庭教師になった。函館の家に滞在している時は自宅の食堂で肩を並べて、札幌へ帰ったあとはスマホを使って、勉強を見てもらった。おかげで真志歩は、数学の試験問題をなんとかクリアし、無事日央大に合格できた。

しかし、もちろん、真志歩が裕貴を好きになったのは、日央大に合格できたからではない。二人ですごした時間が真志歩の心に積み重なって、いつの間にか裕貴への想《おも》いに姿を変えていったのだ。東京の大学なんかじゃなく、札幌の大学に進学すればよかったと心底後悔したのは、大学一年の夏に帰省して裕貴の顔を見たその瞬間だった。

本当に札幌の大学に進学するべきだった。そうすれば、いまごろこんなにも故郷に戻るのを辛《つら》いと思う身になっていなかったかもしれない。というよりも、函館に帰らずにすんでいたかもしれない。おじゃま虫のいないところで恋の花が順調に育って。

後悔はいつだって先に立たない。

5

翌日、真志歩はいつも通り十一時十分前に華麗屋へ行った。

華麗屋は、すでに「営業中」の札を出していた。通常十一時開店なので、どうして今日にかぎって早く営業をはじめたのかと訝《いぶか》りながら真志歩は店の脇に自転車を置き、中に入った。

「いらっしゃいませ」という声がかかりかけて、とまった。

「あら、佐藤さん、今日も来てくれる予定だった？」

麗香がカウンターのむこうで小首をかしげた。

「来いとも来るなとも言われていないので、来ちゃいました」

「あなたもよっぽど暇ねえ」

「明君のことが気になったものですから」暇なことも確かだけれど。

麗香は天井に視線を投げた。

「明け方になって、やっと眠りについたわ」

「泊めたんですか」

「エリコがここに迎えに来ると言っているものを、警察へ連れていくわけにいかないでしょう」

「そうか。そうですよね」

知らずに声が弾んだ。昨日の成りゆきでは、いい加減の時間になったら警察にあずけてしまうのではないかと思っていたのだ。とくに美咲にそういう意向が強いようだったから。

「じゃあ、今日いつもより早く開店したのは、エリコが来るかもしれないと思ったからですか」

麗香は、小さく右肩をあげただけで答えなかった。

「今日は麗香さんが店長さんですか」

真志歩はカウンターを通って厨房へ行き、ジャンパーとポシェットをコート掛けにかけながら訊いた。

「美咲がファンタスティコに行っているから、代理」

「ファンタスティコって、あのホテル・ファンタスティコですか。なにをしに」

「従業員からエリコの様子をもっと訊きだしたいって」

「え、教えてくれるんでしょうか。個人情報保護法のせいで、ずいぶん口が堅くなっていますよ」

「フロント係に知り合いがいるんですって。あの子、ああ見えて口を割らせるのがうまいから」

「そうなんですか」

真志歩はエプロンをつけ、カウンター内へ出ていった。

麗香は大きな欠伸《あくび》をひとつした。

「眠《ねむ》」

「明君が眠るまでつきあっていたんですか」

「ええ。あの子、あれからどんどん落ち込んでいったから、心配でね」

「迎えにくるはずの人が夜になっても来ないんだから、当然ですよね」

本当は迎えにくる気なんかなかったんじゃないかしら、真志歩は口の中でそっとつぶやいた。それが聞こえたらしく、麗香は真志歩を見た。

「あのね」と、麗香は眉間に迷いを浮かべながら言った。「ゆうべあの子をお風呂に入れたの。もちろん、一緒に入る年齢ではないから、一人で入浴させたんだけれど」

「ええ？」

「ただ、パジャマを置きに脱衣所へ行ったのと、あの子が浴室から出てくるのとかちあって、偶然裸を見てしまったのね」

「お医者さんだから、少年の裸なんか珍しくもないのでは？」

「まあ、そうなんだけれど……体に傷跡があってね。切り傷とか火傷《やけど》の跡みたいなのとか。思わず見入ってしまった」

真志歩の脳裏に「虐待」という語が閃《ひらめ》いた。

「新しい傷なんですか」

「ううん。かなり古いと思う。真新しい傷は見当たらなかったわ。といっても、しっかり見えたのは背中だけだから、胸にもしかしたら新しいのがあるかもしれない。ただ、体を拭いたあとのバスタオルには血痕がついていなかったから、あったとしても昨日今日の傷ではないでしょう」

では、エリコがホテルでなにかしたわけではないのだ。

「どうしたのか訊いたんですか」

「ええ、お風呂からあがってちょっと落ち着いた時分にね。でも、その傷はどうしたの、という質問に首をかしげるばかりなの。傷ってなに？　なんて言うのよ」

「傷という言葉を知らない？」

「もしかしたら、自分の体に傷があることすら認識していないんじゃないかと思ってしまう。自分の名前や学年にかんしてもちゃんとしたことを言わないし、どういう環境で育ったんだか」

真剣な話をしている最中に、麗香はまた欠伸をした。

「あ、駄目だ。私、今日夜勤なの。一眠りしておかなきゃ。佐藤さん、お店まかせていいかな」

「もちろんです」

「『今日のカレー』は魚介類たっぷりのカレー……と仕込みをしていた美咲が言っていたわ」

「分かりました」

「佐藤さんが来てくれてよかった。じゃ、おやすみなさい」

「おやすみなさい」

麗香は厨房から二階へあがっていった。


十二時までに二人、別々に客が来た。一人は四十代半ばくらいの女性だった。彼女が入ってきた時には、エリコではないかと期待した。明の母親としては年がいっているようだが、痩せて多少知的な雰囲気を漂わせていたからだ。中島夫のエリコ像に近いのではないか。

しかし、その女性は魚介類たっぷりのカレーを食べ、コーヒーを飲むと長居することなくひきあげた。彼女が発した言葉は、「今日のカレーを」と「コーヒーちょうだい」のみだった。

もう一人は、なんの期待ももてない若い男性だった。

いや、なんの期待ももてなかったわけではない。店に入ってきた瞬間、真志歩は彼を裕貴と見間違えた。真志歩が帰郷しないので様子見に上京してきたのか、と頭が熱くなった。

しかし、その若者の姿はすぐに修正され、裕貴と似ているところは痩せぎすの体型だけだということが分かった。

もちろん、真志歩が帰郷しないからといって、裕貴が様子見に来るわけなんかない。そもそも裕貴は、真志歩が華麗屋で働いていることを知らない。頻繁にメールを交換していたのは、数学を教えてもらうようになってからせいぜい一年かそこらの間だけだ。

若者は真志歩の顔を素通りして、厨房の奥を覗く目をし、それから下唇を突き出すようにしてテーブル席に座った。四年前のマンガ雑誌を読みながらポークカレーをゆっくり食べた。食べ終わっても、マンガ雑誌を読みつづけた。しかし、マンガに夢中になっているのでないことは、時おり窓のむこうに視線を投げることからも明白だった。一時間居座った末、若者は名残惜しそうに店を出ていった。多分、美咲のファンで、彼女が姿を現わすのを待っていたのだろう。

若者が待ち望んでいた（かもしれない）美咲は、それから十分ほどして帰ってきた。

「あら、佐藤さん、今日も来てくれる予定だった？」

麗香と同じ言葉を吐いた。真志歩も麗香に返したのと同じ台詞《せりふ》を言った。

「来いとも来るなとも言われていないので、来ちゃいました」

「そう。明のことが気がかりだったのね」

と、これは姉とはちがう洞察だった。

「はい。店長さん、ファンタスティコに詳しい話を訊きにいったんですよね？　なにか分かりましたか」

美咲は首をかしげた。

「ホテルに来てからの二人の動向は分かったけれど、さて、それでなにか分かったかと言うと、どうかしら」

美咲はカウンターのスツールに腰をおろし、ショルダーバッグからタブレットをとりだした。画面をぽんぽんと叩いて言った。

「母子がホテルに到着したのが、二十九日の午後三時ごろね。予約はしていなくて、フロントで空室の有無を確認して宿泊を申し込んだそうよ」

タブレットに、収集してきた情報を書き込んであるらしい。予約していなかったというのは、真志歩もファンタスティコでじかに聞いている。

「フロント係君は、ちょっとばかり母子の様子に危惧を抱いたそうな。というのも、母親がなんだかとても疲れた様子だったうえに、服装はきちんとしていたけれど、ブランド品というわけでもなかったということで。普通、年末に高級ホテルに泊まろうなんていう母子連れなら、もっと浮き浮きしていてもいいはずだっていうのね。とはいえ、空室があったし、女性の態度が高級な場所にも慣れた感じの堂々としたものだったので、宿泊させたということだったわ。二人は夕方になると出かけたけれど、一時間ばかりで帰ってきたので、おそらく夕食をとりにいったのだろうと推測していたわ」

美咲は画面をタップした。

「ええと、次の三十日は朝、一月二日まで泊まりたいという申し出をして、認められている」

そこも、真志歩も尾崎とともにフロント係から聞いた部分だ。

「で、この日は母子はお昼をはさんで一、二時間ほど外出したそうよ。帰ってきた時、母親が昨日にもまして疲れた様子で、しかも息子が、つまり明が泣き腫らした顔をしていたので、フロント係の間で話題になったそうな。本村《もとむら》君、あ、私が話を聞いたフロント係ね、彼はその日は公休だったんで、直接は見ていないそうなんだけれど」

「三十日というと、尾崎さんや中島美容室のご主人が泣きじゃくっている明君を目撃した日ですね」

「そうなるわね。二人はその後客室にこもってしまって、夕食もルームサービスをたのんだということだわ」

美咲はタブレットをタップした。

「で、翌日、三十一日。この日も母子はお昼をはさんで一、二時間ほど、外出したそうよ。明は行く時も帰ってきた時も楽しそうだったということで、なんの問題もなし。フロント係は市内見物にでも行ってきたんだろうなと思ったとか。でも、この町に市内見物するところなんかあったかしら」

「一、二時間なら、どこかでお昼ご飯を食べて、ぶらぶらと散歩といったところでしょうか」

「そうね。一、二時間という言い方が微妙よね。一時間なら、ご飯を食べる場所を探して、食べるだけで終わってしまっただろうし。あ、そうそう。明は駅前のブンブン書店の袋を手にしていたというから、本屋さんで時間がつぶれたのかもね」

「明君、本を読む子なんだ」

「それがね、本村君が清掃係から聞いた話だというんだけれど」

　と、美咲は勢いこんだ。

「三十一日に清掃係が客室に入っていったら、エリコと明はノートに数字を書き散らしていたというのよね。なにかの掛け算らしかったって」

「年末のホテルで、算数のお勉強？」

「お勉強というには、とても楽しそうだったということよ。明はきゃっきゃっと声を出して笑っていたそうな。明は教育を受けていないどころじゃなく天才なのかも」

「え、いくらなんでも天才というのは」

美咲はウフッと笑い、

「あとで明にやらせてみようと思って買ってきたんだ」

バッグからブンブン書店のロゴの入ったビニール袋を出した。開いて、薄い冊子を三冊とりだし、真志歩に示す。二年生の算数ドリル、三年生の算数ドリル、四年生の算数ドリル、その三冊だ。

「これで、正確な学年が分かると思う」

「いいアイデアですね」

「でしょ。もっとも、明の算数の実力が学年以上だったら、話はちがってくるけれど」

それから美咲は、またタブレットに戻った。

「で、この日は母子はホテル内のレストランで夕食。記録によれば前日はレストランで一番安いものをルームサービスで食べたようだけれど、大晦日の夜には一人四千五百円のコース料理をとっていたそうよ。料金を踏み倒すことを目論《もくろ》んでいたから高いものをとったのではないかと、本村君は憤慨していたけれど、そうともかぎらないわよね。夕食後、エリコは明を部屋に残して外出したというの。そして、一時間弱で帰ってきた。エリコは誰かと会って、お金を借りるとかもらうとかしようとしたのではないかしら。

外出前よりもずっと暗い様子で戻ってきたそうよ」

「つまり、金策に失敗したということですか」

「きっと」

「それで、翌日ATMにお金をおろしにいくと言って逃げてしまった……」

美咲は、ちっちっと人差指を左右にふった。

「それがね、よくよく聞くと、エリコが本当に逃げようとしたのかどうか疑問に思える事実があったのよ」

「なんですか」

「昨日、エリコがATMに行くといって出ていったあと、フロントの近くにキャリーバッグが一個残されていて、ネームもなにもなかったから、誰のものか分からないということで事務室に預かっておいたんですって。だけれど、夜になっても誰からもなんの問い合わせもないので、ちょっとバッグの中を調べてみたら、内側のポケットから『五味恵璃子《えりこ》様』という宛名が書かれた封筒が出てきたんですって」

美咲は『恵璃子』という文字をカウンターに指で書きながら言った。

「五味恵子ではなく、五味恵璃子？」

「そう。もちろん、この恵璃子は明が口にしているエリコのことよね。これでエリコが恵子の名前で宿泊したことが決定的になったんだけれど、ただ、ホテル側では名前がちがうことから、キャリーバッグの持ち主が五味恵子だとは断定していないそうよ」

「キャリーバッグをホテルに残していったということは、恵璃子は決して宿泊費を踏み倒すつもりではなかった、そう考えられますよね？」

「そうだと思うわ」

「で、もしかしたら、恵璃子はこの店の前に明君を置き去りにするつもりはなかった、とも考えられますね？」

美咲は右手をさしだし、真志歩はその手をがっしりと握った。心の中のつかえがひとつ、とりのぞかれた気がした。よかった。恵璃子は嘘をついて明を華麗屋の前に残したわけではない。しかし、そうなると——

「どうして恵璃子は戻ってこないんでしょう」

「それなのよね」

美咲はカウンターに頬杖《ほおづえ》をついた。

「途中で事故にでも遭ったのか」

「自動車事故かなにか？　それなら、麗香さんの救急病院に運びこまれているのでは？」

「そうねえ。昨日、麗香は病院へ行っていたんだから、救急車が怪我人《けがにん》を運んできたら診ていたにちがいないし、そうしたら、帰ってきて明の件を知ってすぐに二人を結びつけたでしょうね」

　ということは、事故の可能性は薄いか。

「キャリーバッグに入っていた恵璃子宛ての封筒というのは、誰からだったんですか」

　それが分かれば、もう少し恵璃子がこの町でなにをしようとしていたのか推測できるかもしれない。

「さすがにそこまでは訊きだせなかったわ。というか、本村君もそこまでは覚えていないって」

　厨房のほうから足音が聞こえてきた。階段をおりてくる足音だ。おりてくるというよりも、ドドドドッと転がり落ちるような速さだ。と思う間もなく、明が店につながるドアをあけて厨房に入ってきた。体より二回り大きなピンク色のパジャマを着て、髪の毛は寝癖であちらこちら飛びはねている。なんともいえずかわいらしかったが、明はカウンター内まで一気に来て、

「僕、眠っちゃった」

　いとも悲しそうに叫んだ。

　真志歩はびっくりしたが、美咲はカウンター内に入って、明の体をやさしく抱きとめた。

「大丈夫よ。お姉さんが見張っていた。恵璃子さんは来なかったわ」

なにも聞こえないはずだが、明は「ん？」という表情で美咲の顔を見上げた。

真志歩は、素早くいま美咲が言った台詞をメモ用紙に書いて明に見せた。

「来なかったの？」

美咲はうなずいた。それで喜ぶわけもなく、明はしょんぼりと頭を垂れた。

「恵璃子はもう二度と戻ってこないんだ。僕を置いていっちゃったんだ」

思いがけず、自分の考えを口に出した。

真志歩も疑っていることだったが、メモ用紙には『どうしてそんなことを考えるの？恵璃子さんが明君を置いていくわけがないじゃないの。』と書いた。

明は首を激しくふった。

「そんなことはない。みんな僕を置いていっちゃうんだ」

真志歩は美咲と顔を見合わせた。

『みんな？』

「ママだって、帰ってこなかった」

恵璃子とママを区別しているということは、やはり恵子が明の母親なのだ。

ママが帰ってこなかったのは死んじゃったからで、と書いていいのだろうか。明は母親の死を知っているのだろうか。知らなかったら、まずいことになるかもしれない。

真志歩が迷っていると、明はぽつんとつけくわえた。

「僕が悪い子だったから」

真志歩は母親の死について書くのをやめ、

『そんなわけないわよ。明君は悪い子じゃないもの。』

と書いた。なんの根拠もない安直な言葉だけれど、明の様子を見ていると慰めずにいられない。

しかし、美咲が真志歩からメモ用紙とボールペンをとりあげて、

『悪い子だったの？　どんな悪いことをしたの？』

と書いた。明は唇を噛《か》んだ。いまにも大きな瞳から涙がこぼれ落ちそうだ。ああ、傷口に塩を擦り込むなんて、と真志歩は美咲に立腹した。だが、もちろん、傷口に塩を擦り込むことが必要な場合もある。

「僕」と、明はつかえつかえ言った。「恵璃子が行こうとしたところへ行くのをやめさせたんだ」

尾崎と中島夫が目撃した出来事をさしているにちがいない。なにか新しい情報をひきだせそうだ。

美咲はメモ用紙にボールペンを走らせた。

『恵璃子はどこへ行こうとしていたの？』

「分からない」

『でも、明は行きたくなかったんでしょう。どうして。』

明は首をふった。それで話は行き止まったかと思ったら、唇からゆっくりと言葉を繰りだした。

「どうしてか分からないけれど、途中でとても恐《こわ》くなって、足が前に進まなくなったの。あっちへ行っちゃ駄目だと思った。でも」

明の顔が歪《ゆが》んだ。

「恵璃子は行きたかったんだ。それなのに、僕がとめた。さきおとといもその前も」

『さきおとといの前、つまり四日前にも同じところへ行こうとしたの？』

明はうなずいた。吾川市に来たその日、目的地に行けなかったから、恵璃子はホテルに泊まることにした。そういうことだったのだろうか。

『四日前も、明は、あっちへ行っちゃダメだ、と、がんばったのね？』

「うん。だから昨日、恵璃子は一人で行ってしまったんだ」

明は力尽きたように、カウンターのスツールに腰を落とした。

美咲は、しばらく次の質問が思いつかなかったようだ。真志歩は美咲からボールペンを返してもらい、書き込んだ。

『昨日、明君をこのお店の前に残して恵璃子さんが行った先も、その恐い場所だというのはまちがいない？』

明は、読むとすぐさま首を縦に動かした。

「絶対にそうだよ」

『じゃあ、恵璃子さんは明君を置いていったわけじゃないよ。なにか理由があって、戻ってくるのが遅れているだけ。』

「本当にそう思う？」

百パーセントそうだとは思っていないけれど、真志歩は上半身ごとうなずいた。明は、嬉しそうに表情を崩した。

「佐藤さん、その場かぎりの気休めはよしたほうがいいんじゃないの」

やりとりを見ていた美咲が言った。

「どうしてですか」

「この場をおさめるのには成功したとしても、もし恵璃子が戻ってこなかったら、余計明を傷つけることになるよ」

そうだろうか。そうかもしれない。でも、認めたくはない。

「私、恵璃子さんは必ず戻ってくるつもりだったと思っています」

美咲は、口角の片方を吊《つ》りあげ気味にした。そうすると、お姫さまはちょっと意地悪に見える。

美咲は明のほうをむいた。カウンターの上のアンケート用紙と鉛筆をとり、

『おなかすいたでしょう。カレーライス食べる？　それともほかのものがいい？』

と書いた。明は顔をあげた。

「ほかのものって？」

『なにか食べたいものがある？』

「卵焼き」

「よっしゃ」

美咲は拳をふりあげて、厨房に入っていった。しょんぼりしていた明の顔が電球でもともしたように明るくなった。美咲は真志歩をふりかえり、ウインクした。

「作れるものでよかったよ」

美咲は見た目通り大人だ、と真志歩はつくづく思った。

「私がご飯を作っている間に、明を着替えさせてくれるかな。昨日着ていた服を洗濯して、明が寝た蒲団《ふとん》のところに置いてあるから」

「分かりました。蒲団は二階？　三階？」

「二階。階段をあがった踊り場の正面のドアが居間で、ゆうべはそこに寝かせた」

「オーケーです」

真志歩は、二階を指さして明の手をつかんだ。明は戸惑った様子を見せたが、『着替え』と書くと、素直に真志歩についてきた。

真志歩が柚木姉妹のプライベートな空間に足を踏み入れるのは、これがはじめてだった。意味もなく胸がどきどきした。

二階の踊り場の正面と左右にドアがあり、正面のドアが全開になっていた。そんなに広くはない。家具も少ない。食卓セットがあり、小さめのテレビがあり、そのテレビにむかいあってソファがあるきりだ。左手に対面式のキッチンがあって、そちらに食器戸棚や大型の冷蔵庫が見える。

食卓と椅子を壁ぎわに寄せて作った空間に蒲団が敷かれてあった。南に面した窓からさんさんと陽光がさしこんでいて、明の寝た蒲団の一部にも当たっている。いかにも暖かそうな光景だ。

明の蒲団の脇には毛布と枕が余分にあって、どうやら麗香が添い寝した寝具のようだ。明の衣類は枕もとにあった。明はすぐに見つけて、着替えをはじめた。

着替えを見ているわけにもいかないので、真志歩は視線を室内にうろつかせた。

テレビ台の上に、テレビを左側に寄せて、写真立てと小さな花瓶が置かれていた。花瓶には一輪の白い薔薇《ばら》が活《い》けられている。真志歩は、写真立てに引きつけられた。

家族写真だった。お花見に行って撮ったのだろうか。こぼれるほど花をつりた桜の木のひと枝が写真の上方にあり、その下で四人が体を寄せあっている。眉も目も唇もきりりとひきしまって武士を思わせるお父さん。美咲によく似ていて、しかし美咲よりも眼差しがやさしげなお母さん。小学校高学年らしい女の子。まだオムツがとれていないような女児、そんなにちっちゃいのに両手でVサインを作っている。お姉ちゃんのほうはお澄まし顔だ。お父さんもお母さんも尾崎が言った通りとても美しい顔立ちだけれど、それよりもなによりも子供たちに注がれた視線のやさしさが際立っていた。

幸せに包まれた家族。しかし、尾崎の説明によれば、母親の華絵はこの写真からそれほど時を経ずに亡くなったはずだ。そして、父親の達也は四年前に水害に巻き込まれて行方不明。次女は父親の帰りを待って、大学進学もやめて華麗屋を守りつづけている。この写真を撮った時、誰がそんな未来を予想しただろう。

切なくなって目をそらすと、その先に明の背中があった。麗香が言っていた通り、背中には無数の傷があった。真志歩はそこからも慌てて目をそらした。

誰が、なぜ、こんなおとなしい子を傷つけたのだろう。家族なのだろうか。家族だとしたら、どんな事情があれば、こんな仕打ちができるのだろう。虐待されて育つと自分が親になった時に今度は虐待する側にまわることがあると、なにかの本で読んだことがあるけれど、明の親もそうだったのだろうか。それとも、こんなことは考えたくないけれど、明の耳が聞こえないことが原因になっているのだろうか。そういえば、少し前、精神に障害をもった子供を何年もの間檻《おり》のような場所に閉じ込めていた親の話がたてつづけに報道されていた。

家族って、厄介だ。ふと、真志歩は思った。家族って、いなければ寂しいというか困るだろうけれど、悲しみの芽を育てる培養皿でもあるんじゃないだろうか。一番濃密な人間関係だから、つい言葉や行為が過ぎて傷つけたり、傷つけられたりするのかもしれない。そうなっても、家族なら分かりあえる。親はそう考えているのかもしれないけれど……。

6

明が卵焼きでご飯を食べていると、カウベルの音とともに人が入ってきた。扉に背中をむけて座っていた明は、素早く後ろに首《こうべ》をめぐらせた。真志歩は奇異の念を抱いた。カウベルの音が聞こえた？

入ってきたのは、尾崎だった。一応お客さまだ。

「いらっしゃいませ」

「カレーを食べたいわけじゃないぜ」

尾崎は言った。

「明の様子が知りたかったんだ」

尾崎はつかつかと明のそばへ来て、明の頭にてのひらを乗せた。

うだ。

明は、尾崎を見上げてにっこり笑った。どうやら、みんなにずいぶんと慣れてきたよ
「華麗屋に来てカレーを食べないなんて、言語道断だわ」

美咲が言った。

「食べないとは言っていない。食べたいわけじゃないと言っただけ」

「それも失言だと思わない？」

「昨日も二回、食べたんだぜ。普通、飽きるでしょう」

「私、毎日二回カレーを食べていますけど」

と、真志歩は口をはさんだ。

「子供はカレーが好きだからね。俺は明と同じメニューがいい」

「白いご飯に卵焼き？　カレーと同じくらい子供の好きなメニューじゃありませんか」

「巨人、大鵬《たいほう》、卵焼き、か。こいつは一本とられたね」

尾崎は自分の額をパツンと叩いた。真志歩は首をかしげた。

「なんですか、それ」

「通じないか。通じないよな、平成生まれには。昭和の子供の三大好物」

「巨人は分かりますけど、タイホウって、なんですか。弾丸を撃ち出す兵器？　昔は好

戦的な子供が多かったんですか」

　尾崎はぷるぷると首をふった。

「とんでもない。横綱の名前だよ。確かきみと同じ北海道出身。知らない？　実は俺も耳学問なんだ、柚木さんからの」

　美咲がコホンと空咳《からぜき》をひとつした。

「本当に卵焼きが食べたいの？　それならスペシャル料金をいただくわよ」

「いや。今日のカレーでいい。卵焼きくらい、自分で作って食べれるよ」

　卵焼き、けっこうむずかしいんだけれどなあ、と真志歩は思った。美咲の作った卵焼きは破れた部分もなく、ふんわりと柔らかそうで、表面にはうっすらと焦げ日がついている。なかなかあんなふうに作れるものではない。カレー専門店の店長とはいえ、美咲は外見より料理の腕がいいらしい。だが、真志歩はそんなことは口にしなかった。かわりに、厨房に入っていこうとする美咲に声をかけた。

「私がします」

　美咲はふりかえって、言った。

「私たちも食べよっか」

「あー、はい」

カウンターに並んで座ってカレーを食べながら、美咲は尾崎にホテル・ファンタスティコで仕入れた情報を伝えた。

「明が恐くて行きたくない場所へ、恵璃子はどうしても行かなくちゃならなかった。なにをしに？」

美咲が答えるかと思ったが、黙っているので、真志歩が口を開いた。

「そりゃあ、多分、ホテル代を借りに」

「しかし、その前は？　明が嫌だとゴネたために遂に行けなかった二日間は、なにをしに行こうとしたんだろう」

「うーん。お金を借りに、じゃありませんよね。二十九日はホテル代を前払いしているんだし、さらに二日までの宿泊延長を申し出たのは翌朝なんだし。必要以上のお金が入り用な様子はなかった」

「三十一日は明に本を買い与えてもいるくらいだからね」

明はテーブル席で古いマンガ雑誌を読んでいる。熱心に読んでいるのではなく、時間つぶしのようだ。視線は絶えずガラス扉にむけられている。捨てられたという思いをもちつつも、恵璃子を待っているのだろう。

「あ、そうだ」

思い出したように美咲はバッグから算数のドリルをひっぱりだし、テーブル席へ持っていった。明の前にさしだす。

明は雑誌から目を離して、興味深げに三冊のドリルを眺めた。

あなたのものよ、と、美咲は手つきで言った。

明は嬉しそうにほほえみ、二年生のドリルをとりあげた。ざっと目をとおして、次に三年生のドリルを手にとる。これもパラパラと見るだけで、四年生のドリルに移った。

ここでようやく少しゆっくりとページをめくりはじめた。

美咲は、テーブルのアンケート用の鉛筆を明にわたした。

明は美咲を見、美咲はうなずいた。明はドリルをはじめた。

すごい、二人の間でもうアイ・コンタクトができはじめている。真志歩はちょっと感動した。

美咲はカウンターのほうへ戻ってきて、スツールに座りながら言った。

「私、この町に来てからの恵璃子の行動を知って、いろいろ想像を働かせたんだけれど」

「うん?」

「この町に来た一日目、恵璃子はホテルに泊まるつもりなどなかったのじゃないかな」

「というと?」

「明をこの町のどこかへ連れていったら、帰るつもりだった。ところが、明が嫌がって行かなかったために、一晩泊まる羽目になった」

その可能性はある、と真志歩も尾崎もうなずいた。

「翌日、ふたたび恵璃子は明をその場所に連れていこうとしたけれど、やっぱり駄目だった。前日以上に拒否感が強く、仕方がなく恵璃子はホテルに戻り、その日はずっと客室にこもっていた」

「ちょっと待ってください」と、真志歩は口をはさんだ。「恵璃子さんが連泊を決めたのは、翌日の朝ですよ。その日も成功しないと思っていたから、連泊を決めたんですか。だとしたら、一月二日までと区切るのはおかしくありませんか。それに、明君が一月二日になったら、そこに行く気を起こすだろうと予想することもむずかしいと思います。昨日だって、泣いて嫌がったんだから」

「うーん。その辺は私も答えを見出《みいだ》せていないんだけれど、もしかしたら、明を連れていく先の人物となにかやりとりがあったのかもしれない。客室にこもっていたって、電話一本で連絡はつくわけだから。その場所で明にひきあわせるのではなく、どこか別の場所、たとえば本屋さんで会って、徐々に明をその人物に慣れさせようという計画をたてた、とか」

「そっか。三十一日は、明君は本屋さんの袋を持って機嫌よくホテルに戻ってきたんですよね」

「そして、夜には豪華な食事をした。大晦日だったから、というよりも、もしかしたら、別れの食事だったのかもしれない」

「美咲は」と、尾崎が割って入った。「恵璃子が明を連れていこうとした先について、どういう想定をしているんだ」

美咲は迷いもなく言った。

「明の父親の住まいだと思う。そして明も、ある一定の年齢までそこで暮らしていた」

「つまり実家？　明は実家へ、泣いて頑張るほど帰りたくなかったのかい」

尾崎は、明の背中に傷跡があった事実をまだ知らされていない。美咲は麗香が目撃した傷を説明した。すると、尾崎は話の途中で、

「明は親に虐待を受けていたんだな」

と、憤怒《ふんぬ》の形相に変わって、明を見やった。明はすさまじいスピードでドリルに鉛筆を走らせている。

「恵璃子は、甥の明が虐待されているのを見かねて、彼を自分のもとにひきとったんだろうな」

おそろしく理解が早い。

「どういう理由で虐待されたんだと思います？」

真志歩が水をむけると、美咲は自分の唇を人差し指でこすりながら言った。

「おそらく、恵子が亡くなったあと、明の父親は再婚したのよ。だから」

真志歩が考えた虐待の理由、虐待の連鎖とは異なる。なるほど、明の父親が再婚した可能性はある。どうしてそこに考えがおよばなかったのか、不思議なくらいだ。しかし、父親の再婚が事実だとしても、疑問は生ずる。

「母親が子連れで再婚して、その子を相手の男が虐待するという話はよく聞きますけど、父親が再婚の結果、自分の子供を虐待するようになるって、珍しくありませんか。なんといっても、自分の遺伝子を受け継いだ子なんですよ」

動物の雄は、自分の遺伝子をできるだけたくさん残そうとする傾向がある。人間の男性も動物なのだから、例外ではないだろう。真志歩が最近読んだ本によれば、人間と同じヒト科のゴリラなどは、グループの核となる雄のいなくなった群れに新たに入り込んだ雄は、前の雄の子供がいればその子を殺す確率が高いという。ゴリラの雌は子供がいるかぎり発情しないから、自分の子供を生ませようとすれば、子殺しに走ることになるのだ。それを考えると、明の父親が再婚したからといって実子を虐待するようになるとは考えにくい。

真志歩がそう指摘すると、

「我が子が本当に自分の遺伝子を受け継いでいるのかどうか、男親には確信がもてないものだよ」

尾崎がぼそりとつぶやいた。美咲はうなずいた。

「人間とゴリラを一緒にはできないわよ。人間はいつのころからか妄想する能力を身につけたからね。もしかしたら、明の父親は明が自分の実子かどうか疑っていたのかもしれないね。明の母親が亡くなったことでその疑いが表面化したのかも」

そういうことも考えられるか。私には妄想力が足りないのかもしれない、と真志歩は反省した。

美咲の妄想力はさらに増していく。

「それとも、彼はもともと暴力的な性格だったのかもしれないし。もうひとつ考えられるのは、父親の再婚相手が虐待を焚《た》き付けた可能性、かな」

「最後の説は悲しすぎますね。家族の中に新たな人物が入りこんだことで、家族関係が崩れるなんて」

真志歩は言った。半ば自分の家族を思いながらの発言だったから、声に哀感がまじった。美咲はもの問いたげな視線を真志歩にむけたが、なにも言わなかった。

「ところが」と、尾崎が言った。「明の虐待を見かねて明をひきとった恵璃子は、今回、明を実家に戻そうとした。どういう変化があったんだろう。明の父親は再婚相手と離婚でもしたんだろうか」

「あるいは、再婚相手の人柄が変わって、明君を彼女にまかせても大丈夫だと恵璃子さんが判断したとか？」

「マッシーは性善説だねえ」

尾崎は言った。え、マッシーって誰？　私？　いつからそんな呼び方がとりいれられたのか訊く暇もなく、美咲が話を進めていく。

「それとも、恵璃子の側になにか事情ができて、明をこれ以上手元に置いておけなくなったのかもしれない」

「実家の状況が変わらないのに明君を戻す？　それって、問題じゃないですか」

「そうはいっても、手元に置いとけない事情ができたら、どうしようもないでしょう」

「虐待されていた子を親元に戻さなければならない事情って、一体なんですかね」

しばらく三人はそれぞれ黙って考えこんだ。やがて、尾崎が言った。

「恵璃子が結婚することになった。そして、その相手が明とは暮らせないと言った」

「そんなことで明君を手放すでしょうか」

「誰だって自分の幸せのほうが大事だよ」

まあ、そうかもしれない。

「ああ、手紙が読みたいな」

と、美咲が言った。

「キャリーバッグに入っていた手紙？」

「そうよ。あれに、恵璃子が明を連れてこの町に来た理由が書かれているにちがいないよ。少なくとも、それが分かるヒントが書いてあると思う」

明がこちらにやってきたので、話が中断した。明は美咲にドリルをわたした。

「え、どこか分からないところがあった？」

ドリルをめくって、美咲は低く唸《うな》った。

「全部、解き終えている」

「えー、こんな短時間で？」

「合っているかどうかは分からないけれど」

明の顔つきはこれまで見た中で一番楽しげだ。答え合わせしなくても、全問正解ではないかという気が、真志歩はした。

「よし、行こうか」

尾崎がいきなり立ち上がった。

「どこへ」

「ファンタスティコ。キャリーバッグをひきとりにいく」

「わたしてくれないでしょう、いくら恵璃子の宿泊代を立て替えたからといって」

「これだけ明の頭がちゃんとしていれば、キャリーバッグの中身が恵璃子のものかどうか証言できるにちがいない。親族のものなんだから、明には返してもらう権利がある」

「そういえばそうね」

その時、カウベルが盛大な音を立ててドアが開いた。中島家の兄弟がつむじ風のように入ってきた。

「やあ、明、やっぱりいたな」

裕太がいち早く明を認めて叫んだ。

明がびっくりしたように美咲の体を盾にした。裕太はおかまいなしだ。手にしていた凧《たこ》を見せながら言った。

「おい、一緒に凧揚げしようぜ」

明は凧揚げなんていうアウトドアの遊びには関心がないんじゃないか、という真志歩の予想ははずれた。凧にむけられた明の目が輝いた。美咲の背中から出てきた。

凧は三枚ある。どうやら手作りのようだ。既成のマンガからとったらしい、ネズミのような猫のような動物の絵が描かれている。三枚の猫もしくはネズミはポーズがちがっている。一匹は床を這《は》っている姿、一匹は走っている姿、一匹は万歳をしている姿、口になにかをくわえているので、おそらく獲物を見つけて捕まえるまでの一連の動きを表わしているのだろう。稚拙だが、面白い。

裕太は万歳をしている凧を上げたり下げたりしながら、

「そう、凧揚げ。やったことあるだろう。ないか？」

そして明の右手をつかんだ。

「行こうぜ」

「行こうぜ」

弟の幸太も兄の口真似をしながら明の左手をつかんだ。

明の体が小さく震えた。明は救いを求めるように美咲を見た。

美咲は柔らかくほほえんだ。てのひらを戸口にむける。行きなさい。

明はそれを見て、おずおずとうなずいた。美咲がそういうなら、行ってみる。そう考えたようだった。

尾崎が早口で異議を唱えた。

「おいおい、明はこれから俺がファンタスティコに連れていく予定なんだぜ」

「せっかく同じ年の子が遊びに誘いに来たのよ。そっちが優先よ」

それから、美咲は裕太にむかって言った。

「明はあんまりみんなと遊ぶのに慣れていないから、やさしくしてあげてね」

裕太は胸をどんと叩いた。

「任しておけって」

「どこで凧揚げするの」

「河原」

この周辺で河原と言えば、市の名前もそれからとられている吾川川の河原をさす。昔は単に川と呼ばれていたが、ほかの川と区別するために吾が川となり、さらに真ん中の「が」が抜けて名称になったことから、吾川という川だ、という由来で二重に川の文字がついているらしい。しかし、いまでも吾川川などと呼ばず、川とだけ言われるのが一般的だ。

河原は整備されていて、よくジョギングや子供の遊びに利用されている。ただし、ここから行くには、明の大嫌いな町並を通り抜けなければならない。ほかに道がないわけではないが、それだとだいぶ遠回りになる。

「佐藤さん、ついていってあげて」

美咲は、当然のように真志歩に言った。

え、私、ここを抜けていいんですか？

思いが表情に出たらしい。美咲はドリルを指さした。

「私は答え合わせをしたいの」

「分かりました」

厨房へ行ってジャンパーとポシェットをとってくると、尾崎が椅子から立ち上がった。

「俺も行くよ」

「どうぞご勝手に」

美咲は言った。

凧のひとつを持たされて、明は案外裕太たちに馴染んだ。子供三人と大人二人は、わいわいがやがや外へ繰り出していった。

鬼門の進藤アパートの手前に近づいた。時折、裕太たちと駆けっこをしながら歩いていた明の足が鈍くなった。

「どうした」

裕太が訊いた。首をかしげたのを見て、なにを言っているのか理解したのか、明は言った。

「恐い」

「恐いことなんかあるものか。河原だぜ。凧揚げだぜ。面白いぜ」

裕太は手の中の凧を高くかかげて、吾川川の方向を指さした。

明はためらうふうだったが、それでも一歩、足を踏み出した。それから、すごい速さで走り出した。

「おい、待てよ」

兄弟が追いかける。一瞬遅れて、真志歩と尾崎もあとに続く。
二、三百メートルばかり明のペースに合わせて五人は走りに走った。行き交う人は唖然と五人を眺めている。中には一緒になって走り出すおじさんもいた。

「なにかあったんですか」

走りながら訊かれて、真志歩は参った。

「いいえ、なにも。駆けっこをしているだけです」

「公道でそんなことするなよ」

怒って、おじさんは走るのをやめた。まったく、この町にはお節介なおじさんがたくさんいる。

不意に、明は足をとめた。体を九十度折って、はあはあと息を整える。運動は得意ではないようだ。しかし、疲れたから走るのをやめたのではなく、その必要がなくなったからやめたようだ。進藤アパートの手前までの歩調に戻り、「なんだよお、いきなり走ったりして」「どこへ行くのかと思った」などと言われながら、裕太や幸太と歩いていく。

明が走るのをやめたのは、宝井質店の辺りだった。

「どうやら、進藤アパートと宝井質店の中間に明君の実家はあるみたいですね」

「そうだな。あとで、しらみ潰しに表札を見てみようか」

「福岡という表札を探すんですか」

「その通り」

「けっこうな数の家ですよ」

「嫌なの」

「嫌じゃないですけど」

「じゃ、やろう」

　もし福岡の表札が見つかったら、そのあと尾崎はどうするつもりだろう。真志歩には想像もつかなかった。というよりも、想像したくなかった。


　そこから五分ほどで、河原についた。鋪装路になっているややきつ目のスロープをおりて、河川敷に出る。

　河川敷では大勢の子供たちが遊びに興じていた。サッカーをやっている子もいれば、凧を揚げている子もいる。

　いくつもの凧が青い空を舞っているさまは、いかにものどかな風景だ。といっても、辺りに雪がなく、ところどころに若草さえ萌《も》えだしているので、真志歩には正月の風物詩という言葉は浮かばない。北海道生まれの真志歩にとって、正月の凧揚げには雪が欠かせないのだ。

　真志歩も、お正月にはよく凧揚げをした。真志歩に凧揚げを教えたのは、祖父だった。祖父は真志歩が小学校の三、四年生になるまで真志歩を家の近くの雪におおわれた原っぱへ連れていき、一緒に凧揚げに興じた。ベーゴマやキャッチボールなんていうのも、祖父から教えられた。

祖父は男の子がほしかったのだが、女の子しか生まれなかった。つまり、真志歩の母親だ。孫に男の子を期待したが、これも女の子だった。だが真志歩は、祖父にとって幸いにも活発な性格で、おままごとよりも男の子の遊びが好きだった。そして、祖父をかっこうの遊び相手と見なして大きくなった。

「いまでもこういう遊び、しているんですねえ」

真志歩がしみじみ言うと、尾崎がからかった。

「そういう言い方、だいぶの年に聞こえるよ」

「だいぶの年ですよ、この子たちにくらべたら」

裕太たちを見つけて、数人の男子が近寄ってきた。凧揚げではなく、サッカーをしていた子供たちだ。裕太の同級生らしい。

「誰、見かけない奴《やつ》だな」

「名前なんていうの」

興味の的は明のようだ。

「うちの近所に越してきた明っていうの」

裕太は適当なことを言う。

「へえ、じゃあ、新学期から俺らと同じ学校か」

「それはどうかな。耳が悪いみたいだから」

「そうなのか」

「耳が悪いと聾学校とかに行くんだろう」

「俺、知っている。この町にはないぜ」

「全然聞こえないの？」

子供たちの一人が明に顔をよせ、「わっ」と大声をあげた。明は青くなって一歩、退いた。

明は、子供たちの視線を浴びてからずっと身を縮めるようにしていた。はにかんでいるというより、怯《おび》えているようだ。もしかしたら、親から虐待を受けたばかりでなく、学校でもいじめにあっていたのではないだろうか。

まずい、と真志歩は子供たちの間に割って入ろうとしたが、その前に裕太が、

「よせよ」

とたしなめた。大声をあげた子は「いやあ、悪い悪い」と頭をかいた。もっとも顔には、にやにや笑いが張りついていたが。

「サッカーやろうぜ」

一人がサッカーボールを明に示した。

「いや、やるのは凧揚げ」

そう裕太が言ったから、幸太が、

「兄ちゃん、早く凧揚げやろうよ」

と、せがんだ。

「そうだな。明もほら」

裕太は、明に来いという手つきをした。別に目印がつけられているわけではないが、舗装路の左手はボール遊び、右手は凧揚げというふうに線引きされているようだ。しかし明は、凧を抱きしめてその場から動かなかった。

尾崎はと見れば、子供たちにおかまいなしだ。少し離れた場所で、のんびりと煙草《たばこ》に火をつけている。

「ああ、明君、ちょっと固まっちゃったみたいだよ」真志歩は言った。「少しこの場所に慣れてから遊んだほうがよさそう」

「じゃ、あんたにまかせるよ」

裕太は大人びた口調で言った。そのまま、幸太とともに、凧揚げをしている子供たちのほうへ走り去った。サッカーをしている子たちも散っていった。

まかせられたら、昔とった杵柄《きねづか》を見せるしかない。真志歩は、口を動かさずに行動すると明を驚かすだろうと配慮して、

「凧、揚げたことある？」

と言いつつ、

「風上に立って」

と、明の体のむきを変えてあげる。明の手をとって、糸を数十センチ繰り出させた。糸を引いたり緩めたりしただけで凧を揚げるには、風が少し弱い。

「ちょっと走って」

と、走る動作を見せた。

明は理解して走り出したが、まったく凧揚げをしたことがないようだ。凧はほとんど揚がらず、あっという間に、転落防止のために河川敷と川を仕切っているフェンスに糸をひっかけてしまった。

明は無器用だ。糸をはずすのに、苦労している。真志歩は近づいていって、手伝った。正確には手伝おうとした。

フェンスのむこうに、なにか茶色いものが見えた。フェンスで仕切られたこちら側は手入れが行き届いているが、むこう側は丈高く伸びた草が枯れるがままになっている。その枯れ草の間に、なにか茶色いものがはさまっていた。革製品のようだ。

本来なら、枯れ草の間に落ちているものなど、指一本触れる気にはなれない。しかし、真志歩はなぜかひどく気になった。手をのばして、その茶色いものをひきあげた。

女性用のショルダーバッグだった。使いこまれた形跡があるが、誰かが河原に不法投棄したと思えるほど古くはない。

突然、明が真志歩の手からバッグをひったくった。呆気《あっけ》にとられている真志歩の前で、明はバッグのファスナーをあけた。逆さにすると、化粧ポーチが落ちてきた。それにひっかかるようにして、ハンカチも出てきた。クリーム色の地に色とりどりの小さな花が散ったハンカチだった。

明はハンカチをとりあげ、叫んだ。

「恵璃子のだ」

恵璃子のだ、と明は何度もくりかえした。

恵璃子のバッグがどうしてこんな場所に落ちているのだ？

嫌な想像が真志歩の胸を駆けめぐった。恵璃子は昨日ひったくりにあい、犯人を追いかけて河原まで来たのだろうか。そして、バッグをとり返すこともできず、逆に川に突き落とされでもしたのだろうか。

真志歩は、フェンス越しに川の中を覗きこんだ。透明度の高い川ではないが、このところ雨が降っていないので、水量は多くない。流れもゆるやかだ。人が沈んでいれば、見えるだろう。

ざっと見渡したところでは、それらしき姿はなかった。真志歩は安堵の溜め息をついた。もっとも、安心してばかりはいられない。バッグがこんなところにあり、恵璃子が行方をくらましている以上、恵璃子の身になにごとかあったと考えたほうがいいだろう。

尾崎が明の叫ぶ声を聞きつけて、近づいてきた。

「どうした」

「恵璃子さんのバッグらしいんです。そこに落ちていました」

「なんだって」

ちょっと貸して、と言いながら尾崎は明からバッグをとりあげた。

中を調べる。ポケットティッシュと小銭入れが入っていた。小銭入れの中には数枚の十円玉と一枚の五円玉。それから、内側にファスナーのついたポケットがあって、開くと鍵束が出てきた。東京タワーのキーホルダーについている。

「うちの鍵」

と、明が言った。

真志歩は、ポケットの外にさらに定期券を入れるような小さな物入れがついているのに気がついた。なにかの厚紙が顔を覗かせている。真志歩はバッグに手を差し入れて、厚紙を引きぬいた。

汚れの付着した名刺だった。『五味恵璃子』とあるから、恵璃子の名刺だ。捨てようと思ってそのまま忘れていたのかもしれない。真志歩たちにとっては幸いだった。

「住所は、静岡県の袋井市《ふくろい》になっています。肩書きは、静岡情報理工大学講師です」

尾崎が口笛を吹いた。

「インテリじゃないか」

「袋井市って、どの辺りなんでしょう。静岡って、泊まりがけじゃなきゃ来られないいんですかね、新幹線があるのに」

真志歩は、東京から先はさっぱり分からない。

「まあ、泊まらなくてすむと思うよ。ただ、行ったり来たりしたら結構交通費がかかるかもしれないな。それはともかく、恵璃子はホテル代に五千円足りないだけの金を持っていたはずだから、誰かが財布を抜きとったあと、バッグを投げ捨てたんだ」

「その時、恵璃子はどこでなにをしていたんでしょう。この河川敷だとしたら、なんの用があったんでしょうね」

「それに、なにかが起こったとしても日中のはずだから……」

少し考えてから、尾崎は両手でメガフォンを作り、

「おーい、みんな」

河原で遊んでいる子供たちに呼びかけた。

「昨日、この辺りで女の人がバッグをひったくられているところを見なかったか」

バッグ？　ひったくり？　ボール遊びでも凧揚げでも、言葉が細波《さざなみ》のように子供たち

の間に広がった。

「見なかった」

「昨日はここにいなかった」

そんな声が返ってきて、河原はすぐさま遊び場に戻った。

「この河原で、真っ昼間にひったくりをした挙げ句に被害者になにかしたら、目撃されないわけはないですよね」

「そうだよな。とすると、恵璃子はどこかでバッグを盗《と》られて、盗った犯人は中身を抜いたあとでここに捨てたことになる」

どこでバッグを盗られたのだろう。

頭をひねっていても、分かるわけがない。

「警察へ行きましょう」

「ああ」

真志歩は裕太と幸太にむかって、手をふった。

気がついた裕太が凧をひっぱりながらこちらにやってきた。

「私たち用事ができて帰るけれど、あなたたちはどうする？」

「帰んないよ。明はどうすんの」

「明君は私たちと一緒」

真志歩が爪を返そうとすると、裕太は「やる」と明の手に押しつけた。

「じゃ、な」

裕太は明に手をふって、幸太のもとに戻っていった。明は手をふり返しもせず、裕太を見送った。どこかしら、ホッとしているように見えた。

7

三人で吾川駅前の交番に行った。明が恐がる例のアパートと質屋の中間地帯は避け、ぐるりと大回りして四十分くらいかかった。歩くのに慣れているのか、尾崎は飄々《ひょうひょう》としていたけれど、真志歩としては自転車がほしかった。明も頭を垂れて歩いていた。しかし、もう歩くのは嫌だとしゃがみこんだりはしなかった。相当我慢強い性格が見てとれた。

やっと着いた交番で、尾崎が恵璃子のバッグを見せ、

「これが吾川川の河原に落ちていて」

と言ったので、警察官は落とし物を届けに来たと思ったらしい。

「ご苦労さまです」

バッグを受け取ろうとした。

「いや、ちがうんです。持ち主は五味恵璃子といって、この子の伯母さんなんですが、昨日から行方知れずになっているんです。そして、バッグだけ河原に落ちているのを、さっき見つけたんです」

警察官は、飲み込めない餌を与えられたペットのような表情をしていた。若くない。ベテランといっていい年齢の警察官だ。でっぷり太ってものぐさそうには見えるが、経験値は充分なはずだ。いろいろな想像ができないわけはない。それでも、念のため、真志歩はつけくわえた。

「どこかに身元不明の女性が運びこまれたといったような情報は入っていませんか。五味さんは事件に巻き込まれたんじゃないかと思うんです」

「ああ、なるほどなるほど」

警察官はうなずいたあと、そういう通報はいまのところ入っていない、とあっさりのたまった。書類を調べることもしなかったが、管内で起きていることすべてが頭に入っているのだろうか。

「それで、どうしたいんですか」

「もちろん、捜索願いを出したいんです」

尾崎はそう言ってから、事情の説明をはじめた。昨日明が華麗屋の前に立っていたところから、さっき河原で偶然恵璃子のショルダーバッグを発見したところまで、手際のいい説明だった。これで警察官にも、どんなに深刻な状況か、分かったのではないだろうか。

警察官は尾崎の話をたまにメモしながら、ちらちらと明に視線を送った。

「で、そのお子さんはこれからどうするんですか」

尾崎が話し終わって真っ先に警察官がしたのは、その質問だった。

「華麗屋であずかっています」

「そうですか」

警察官は表情をゆるませた。

恵璃子の捜索願いの手続き（といっても、白い紙に捜索人の連絡先と氏名、被捜索人の住所と氏名と年齢を記入させられただけだったが）をして、三人は交番を出た。

真志歩は不満だった。

「なんだか、心もとない警察官ですね」

「正月に当番をさせられているくらいだから、要領が悪いのかもしれない」

ああ、お正月か。真志歩は思い出した。そういえば、正月やゴールデンウイークの最中には急病になるなと、おじいちゃんが言っていたっけ。なんでも、優秀なお医者は休暇をとっているので、治せる病人も治せないのだとか。

真実かどうかは分からない。真志歩の祖父は手広く事業をやっていたが、その中に医療関連はない。たった一回の経験から、そういう結論に達したようだ。祖父の姉が心筋梗塞で倒れたのがちょうど元旦で、新米の医者しか病院にいなかった。そのために適切な治療が受けられず、死亡してしまったのだそうだ。適切な治療を受けられていたら死ななかったのかどうか、検証は不可能だが。

「でも、人手の手薄な時期だからこそ、現場には優秀な人がいてほしい」

「マッシーは時折、正論を吐くんだね」

と、なぜか尾崎はくすくす笑いをしながら言ってから、

「まあ、我々はできることをやろう」

駅構内へ入っていった。どこへ、と訊くまでもなくホテル・ファンタスティコへ行くつもりだ。恵璃子のキャリーバッグを回収しようという算段だ。

ファンタスティコのフロントには、昨日とは異なる顔が立っていた。昨日のフロント係と同世代のようだが、黒縁の眼鏡のせいかいかにも生真面目な雰囲気の人物だ。名札には「本村」とあるので、美咲の知人の本村なのだろう。美咲はこんな真面目そうな人から話を聞き出したのか、と真志歩はひそかに驚いた。

「五味さんがこちらにキャリーバッグを忘れたということで、取りにきたんだけれど」

尾崎は、明を前面に押し出しながら切り出した。

本村の眉がぴくりとはねた。恵璃子に直接応対していて明の顔にも見覚えがあるだろうし、なによりも美咲と午前中に話をしているのだから、事情に精通しているだろう。しかし、本村は四角張って言った。

「五味さまからの委任状をお持ちでしょうか」

「委任状？」

「はい。ご本人さまが受け取りにいらっしゃらない場合は、委任状をお持ちいただかないとお渡しできません」

そりゃあ、委任状が必要だというのも分からなくはない。第三者に忘れ物を渡したあとで本人から、第三者に依頼したことなどない、忘れ物を返してくれ、などと言われる危険性はある。しかし、今回は委任状が必要な案件ではないだろう。

「だって、この子は五味さんの、ええと、子供だよ」

実際は甥だが。

本村はあくまでも四角四面な対応だ。

「お子さんの荷物が中に入っていますか」

このような人物からどうやって美咲は恵璃子の個人情報をひきだしたのだろう……などと不思議がっている場合ではない。真志歩はフロントのメモ帳とボールペンをとって、

『恵璃子さんのキャリーバッグに明君の荷物は入っている？　入っているとしたら、な

に？』

明は、考えることもなくうなずいた。

「僕の着替え。それから、ノート」

本村はそれを聞いて、奥の事務室へ入っていった。すぐに茶色のキャリーバッグを持って戻ってくる。何泊もする予定で二人分の荷物を詰めているとしたら、小振りなバッグだ。恵璃子は宿泊するつもりはなかったのだろうという美咲の想像は正しかったのかもしれない。

「忘れ物はこちらでございますか」

明がすぐさま「恵璃子のだ」と言わなかったので、真志歩は確認した。

『恵璃子さんのね？』

「多分」

と、明は少し自信なげに言った。本村の眉がはねた。眉に感情が出るタイプらしい。

「十歳かそこらの男の子が親のバッグを正確に覚えているものか。本村さんだって、子供のころはそうだっただろう」

尾崎がいくぶん抗議調で言った。

「はあ、そうではございますが。失礼して、あけて中を見てもよろしいでしょうか」

「もちろん」

本村はバッグを持ってフロントから出てくると、三人の前でバッグを開いた。ビニール袋に包まれた衣類が入っていた。洗濯のあとのあるのが二枚。それから、値札のついたのが一枚。いずれも男の子用の普段着だ。数枚の下着と靴下が入ったビニール袋。それから不透明な袋も入っていた。中は見えないが、おそらく三日の間に着て洗濯の必要のある下着類が入っているものと思われる。奇妙なことに、女性用の衣類は一枚も入っていなかった。

いや、奇妙でもないのか。美咲の想像通り恵璃子が宿泊を予定せずにこの町にやってきたのだとすれば、着替えを持ってくるはずはない。

しかし、それなら、どうして子供用の着替えは持ってきたのだろう。考えるまでもない。恵璃子は、明を親もとに帰すつもりだったのだ。とりあえず、数日分の着替えは持たせたほうがいいと判断したのだろう。

「この洋服、誰のですか」

本村が明に洗濯のあとのあるほうの衣類を見せて訊いた。

真志歩が本村の質問をメモ用紙に書いた。

「僕の」

明は小さな声で答えた。

「ほら、荷物、この子のものですよ」

本村は訝しげな表情になっていた。

「さっきから気になっていたんですが」と、本村は言った。「どうしていちいち字を書いているんです」

「気づいていないんですか。この子、耳が悪いんですよ」

本村は、自分自身の聴力を確かめるように片方の耳たぶをひっぱってから言った。

「耳が聞こえない、ですって？　まさか」

「まさか、ってどういう意味？　この子が聞こえないふりをしているとでも言うの。彼は背後でいきなり音がしても、ふりむくこともないんだよ」

尾崎は言って、明の背後に立っている真志歩に合図した。真志歩は「明君」と大声をあげたが、明はもちろん、ふりむかなかった。かがんで、熱心にバッグを覗きこんでいる。

本村は、信じられないというように目を見張った。

「ホテルにいらした当日は、確かに聞こえていたみたいでした。お母さんがなにかおっしゃると、答えていましたよ」

「本当に？　なにをしゃべっていたの」

「ええと、それほど詳しくは覚えていませんが、私とダブルベッドに寝るのは嫌よね、とお母さんが特別高くもない声でおっしゃって、明君は大きくうなずいていました。それで五味さまは、ダブルベッドのお部屋より若干お高いのですが、ツインルームをとられたのです」

真志歩は尾崎と顔を見合わせた。尾崎の目には懐疑的な色が浮かんでいる。しかし、真志歩は、明の耳が音をとらえているのではないかと思ったことが何度かあったのを思い出していた。

たとえば、昼に卵焼きを食べていた時、カウベルが鳴ったとたんに明はガラス扉をふりかえった。聞こえたとしか思えないタイミングだったが、真志歩は偶然だろうと見なした。ちがったのだろうか。もっとも、多少聴力があるという程度で、なにかの拍子に聞こえるだけなのかもしれない。とくに、慣れた人の声なら、聞きとりやすいということもあるのではないだろうか。

「あった」

と、明が声をあげた。

見ると、明がバッグの奥に手をつっこんでなにかを取り出していた。いかにも嬉しそうに真志歩や尾崎に示した。

「僕の本」

本のタイトルを見て、真志歩は唖然とした。『中学生にも分かる量子力学』とある。量子力学って、なんだっけ。真志歩は物理系の学問だとしか覚えていない。

本村の目も点になっている。尾崎は愉快そうな表情をしていた。

「そうか。明は理系が得意なんだな」

そして、本村にむき直って言った。

「というわけで、このキャリーバッグにはこの子の物が入っていると証明できたと思うけれど、いかがかな」

本村は首を二、三回上下にふった。


忘れ物の受領証を書かされてから、恵璃子のキャリーバッグが渡された。

ホテルを出ると、すでに冬の空は暮れかけていた。尾崎は、

「華麗屋に行くより、我が家のほうが近い」

と言って、真志歩と明を自宅へ連れていった。

ファンタスティコから徒歩一分かそこらの、一軒家だった。ビルの谷間の細い路地を入っていくと、原っぱに出た。と思ったのは一瞬の見間違いで、長く伸びた枯れ草のむこうに建物がある。道もある。枯れ草に侵食されてまるでけもの道のようだが、所々に敷石が見えるので、すでに尾崎家の一部なのだろう。古くからの住宅が地区開発の谷間にちょこんと残された、といったところだろうか。といっても、クリーム色に塗られた平屋の建物は、さほど古さを感じさせない。

尾崎がバッグから鍵を出すと、明はかすかに眉根をよせた。

「カレーのお店に帰るんじゃないの」

ん？　と尾崎は明の顔を見た。

「恵璃子がカレーのお店に戻ってきたかもしれない」

真剣そのものの表情だ。

「大丈夫。恵璃子が来たら、美咲がひきとめていてくれるよ」

尾崎は自分の口もとが見えるようにしゃがんでしゃべった。読唇術はできないと思える明だが、そっと目を伏せ、それ以上なにも主張しなかった。自分の意見を押しとおすことは、はなから諦めているのかもしれない。

尾崎が自分の鍵であけた家の中は、森閑と静まりかえっていた。

「どなたもいらっしゃらないんですか」

「天涯孤独の身の上」

明るく言いはなって、尾崎は明の肩の上に手を置いた。

「よう、いつまでも華麗屋にいるわけにもいかないし、なんなら、お兄さんと一緒に暮らそうか」

お兄さん？　いくらなんでも明相手にお兄さんという年齢ではないだろう。なにを言われたか分からない明は尾崎を見上げただけだったし、真志歩もあえて突っ込まなかったけれど。

　尾崎は、玄関を入ってすぐ右手の部屋のドアをあけた。

　壁の三面が上から下まで作り付けの書棚になっていた。北に面した壁に窓があり、その窓にむかって机と椅子が置かれている。椅子は座り心地のよさそうな革張り、机は年代物といった感じの重厚なもので、しかしその上にあるのはノート型のパソコンとプリンターだけだ。不似合いと言えば言える。で、三面に作り付けられた書棚の本はというと——

「ドラえもん」

　明が少なからず大きな声をあげた。書棚にいち早くドラえもんの単行本を発見したのだ。ドラえもんは棚の半分を占めているのだから、目に入るのは容易だ。おそらく全巻そろっているのだろう。

　尾崎は満足げに微笑した。

「ああ、そうだよ。ドラえもん、好きか」

　明はつつっと、そのドラえもんの並んだ本棚に近づいていった。第一巻を引き抜きかけて、尾崎の顔を見る。

　尾崎は大きくうなずいた。

　明はドラえもんを引っ張りだし、その場に座りこんで読みはじめた。

マンガの単行本はドラえもんだけではない。鉄腕アトムも、ドラゴンボールも、風の谷のナウシカも、鋼の錬金術師もある。真志歩は読んだことも聞いたこともないものだが、サイボーグ009やあしたのジョーなんていうのも、マンガ本にちがいない。何十巻にもおよぶ三国志もマンガ版のようだ。真志歩が少女時代に愛読したテレプシコーラ、つまり少女マンガまである。少女マンガはおそらくテレプシコーラばかりではないだろう。ベルサイユのばらとかポーの一族なんていうのも、確か少女マンガのはずだ。

要するに、書棚を占めているのは、マンガの単行本ばかりなのだ。

いや、よく見ると、右手の棚の上部に、マンガではないハードカバーが並んでいる。物理学とか量子力学とか生物学とか日本史とか世界史とか詩歌とか、そういった文字が背表紙に躍っている。しかし、踏み台かなにかがなければ尾崎でさえ手の届かない高い位置にある本だ。しょっちゅう読んでいる書物というわけではないだろう。この書斎の基本は、あくまでマンガ本だ。

「尾崎さんって、マンガの研究家?」

「マッシーは、人に何者かというレッテルを貼らないと気がすまないみたいだね」

「そうでもないですけど……」

でも、大の大人がなにもしないで暮らしているというのは、落ち着かない。

「マンガにかんしては、ただの蒐集家《しゅうしゅうか》だよ。とくに自分の年齢より古いものには目がないね」

古いマンガって、モノによってはすごく高いですよね？　真志歩は古書店をまわることもあるから、その程度の知識はもっている。さすがに口に出すのははばかったが、表情に出てしまったらしく、尾崎は言った。

「自慢するわけじゃないけれど、うちはもと大地主だったんだ」

「はあ」

「この辺一帯の土地はすべて、うちのものだったんだ。それをここだけ残して全部売ったら、俺は遊んで暮らせるいいご身分になったというわけ」

ちょっと自嘲するような口調になっている。真志歩は、分かりました、と首をふり動かした。

「明もどうやらマンガが好きなようで、俺の趣味が役立ったみたいだ。よかったよ。俺は算数や物理の本はほとんど持っていないからね。さてと」

尾崎は、部屋に持ち込んだキャリーバッグのジッパーを開いた。

「手紙だね、恵璃子宛ての」

バッグの中の数個のポケットを探り、封筒をひっぱりだした。

誘拐犯が筆跡を誤魔化すために左手で書いたのじゃないかと思えるような文字が連なっている。表書きには恵璃子の名前と住所、裏には『福岡麻奈美《まなみ》』とある。住所は吾川市川南町《かわなみちょう》だ。もしかしたら、明の父親の親族かもしれない。再婚相手ということも考えられる。少なくとも誘拐犯ではないだろう。

尾崎は躊躇《ちゅうちょ》せず、封筒から便箋をひきだした。

人の手紙を無断で読む。真志歩は良心が咎めた。しかし、明のことを考えれば正論ばかりを押し通すわけにもいかない。尾崎の肩越しに便箋を覗きこんだ。

封筒と同じ文字が並んでいる。そして、時候の挨拶はおろか前略という儀礼の言葉さえも抜きで、本文が始まっていた。

『手紙、びっくりしました。

勝手に明を連れ出して、今度は勝手に明を返したいということですか。

ずいぶんなお話ですね。

でも、まあ、いいでしょう。なんといっても明は基彦《もとひこ》の子供なのだから。

十二月二十九日から一月三日までの間に連れてきてください。その間なら、さすがに基彦もお休みですから。

何日に来るかは、二十日までに連絡してください。こちらも準備があるので。

麻奈美

ＰＳ　これからは電話にしてください。うちの電話番号は分かっているでしょう？

そちらの電話番号も教えておいてください。』

やはり、福岡麻奈美は明の父親の妻だったのだ。明を育てていた恵璃子が親もとに返そうとしてこの町に来たというのも、想像通りだった。

それにしても、なんという手紙だろう。用件だけが綴《つづ》られている。そして、その底には怒りが籠められている。しかも、感情が煮えたぎった熱い怒りではなく、凍った心から解け出した冷水のような怒りだ。そう感じるのは、真志歩のうがちすぎだろうか。明の背中の傷を見てしまったから。

しかし、親もとに戻ったらふたたび明が暴力をふるわれるのではないか、そういう不安が頭をもたげてくる文面ではないか。

尾崎がどう感じたかと、顔を見る。

「ひきとりたがってはいないようだね」

と、尾崎は言った。一拍置いて、つけくわえた。

「自分たちから明を返してくれと要求したのじゃないことは確かだ」

「それでも、恵璃子は明をひきとってもらわなければならないんでしょうかね」

尾崎はなんとも答えなかった。マンガを読んでいる明に視線をむけているだけだった。

しばらくして言った。

「住所が分かったのだから、行ってみようか」

目的地は省いているけれど、明の実家にちがいない。真志歩は胸もとに匕首《あいくち》を突きつけられた気がした。

「明君を連れて？」

「まさか」

安堵した。そのまま明を親のもとに置いてくることになったら、目も当てられない。

「でも、一人で置いておくわけにはいかないですよ」

「明と留守番していてくれる？」

「私も行きたいです」

強引に子守を押しつけてくるかと思ったが、尾崎は「ああ、そう」と言って机に行き、ペンとノートをとりだして、明に近づいた。なにか書きはじめたので、真志歩も膝すり歩いて、明のそばへ行った。

『一時間ばかり出かけるけど、ひとりでマンガ読んでいるか？　それともカレーの店にもどるか？』

明はノートを読んで少しの間考えていたが、やがて唇を小さくあけしめした。

尾崎は自分の耳に手を当てた。なに？

「マンガを持ってカレーのお店に行きたいんだけど……」

明は虫の息のような小声で言った。尾崎はもう一度自分の耳に手を当ててから、胸を平手で叩いた。

「もっと胸を張って、自分の要求ははっきりした声で言わなきゃ、相手につうじないよ」

明は尾崎の口もとを見つめていた。真志歩はノートに走り書きした。

『もっと大きな声ではっきり言わなきゃ、つうじないわよ。』

明は深呼吸をひとつしてから、言った。

「マンガを持ってカレーのお店に行きたいです」

尾崎はにっこり笑った。

「いいよ。だけど、一冊だけだよ」

人差し指を立てたので、意味がとれたらしい。明はうなずいた。

8

しかし、華麗屋では思いもかけない出来事が待っていた。

美咲が華麗屋の『営業中』の札を『閉店中』にかけ替えているところだった。ハーフコートを着てショルダーバッグを肩にかけ、どこかに出かけるらしい。

「お、どうした」

尾崎の声に、美咲はふりかえった。普段でも白い顔がなおいっそう白くなって、眦《まなじり》が吊りあがっている。

「警察から連絡が」

警察と聞いて、真志歩が真っ先に思い浮かべたのは、恵璃子の捜索願いだった。恵璃子が発見されたのだろうか。

しかし、ちがった。

「お父さんらしい遺体の一部が発見された、って」

四年前の水害で行方不明になっている柚木達也のことだ。

尾崎は息を飲んだ。それから、言った。

「俺も行く」

美咲は無言でうなずいてから、真志歩に目をむけた。

「電話したんだけれど、出なかった」

真志歩は、はたと気がついた。そういえば今朝、スマホを持たずに家を出た。無意識に母親からの電話を忌避したらしい。昨日スマホがなくても暮らせることを経験したせいもあるかもしれない。いまごろ母親が、出ない電話に業を煮やしているだろうな、頭の片隅でちらっと思った。

「すみません、持ってくるのを忘れて……」

美咲は真志歩にみなまで言わせず、

「ちょうどよかったわ。二人でうちで留守番していて。遅くまで戻れないかもしれないけれど、誰もいないと、万が一恵璃子さんが訪ねてきた時に途方に暮れるでしょうから。店は閉めたままでいいから」

言って、ポンと真志歩に鍵を投げてよこした。それから、真志歩の返事も待たずに小走りで駅へむかっていった。尾崎もあとに続いた。

凝然と突っ立っている真志歩の手が、小さな手で握りしめられた。見ると、明が不安そうに真志歩を見ていた。なにが起こったのか分からないのだから、不安になるのも当然だ。真志歩は美咲から受けとった鍵で店をあけ、明をうながして中に入った。

カウンターのスツールに座ると、明との会話用にと尾崎がくれたノートを開き、ペンを走らせた。

『行方不明だった美咲さんと麗香さんのお父さんが見つかったという連絡が警察から来たんですって。それで、美咲さんは警察へ行ったの。』

「お父さん？」

お母さんってなに、と言った子だ。お父さんの意味も知らないのかもしれない。

『パパのこと。分かる？』

「……パパ……」

明は、未知のものを口に含んだようにそっとつぶやいた。甘いのか苦いのかまずいのかおいしいのか、どんな味を感じたのか読みとれない表情をしてから、不意に真剣な顔つきになった。

「美咲のパパは行方不明だったの？」

『そうなんだって。』

「どうして行方不明になったの」

『この町で起こった四年前の水害で流されたんだって。四年前の水害、覚えている？』

明は、短い間を置いてから言った。

「水害って、雨がいっぱい降って、家の中に水が入ってきて、それでみんなして二階にあがっていった、あのこと？」

真志歩は大きくうなずいた。真志歩自身はその水害のことを覚えていないし、もしかしたらこの町では何度か水害があったのかもしれないけれど、明が覚えているとしたらせいぜい四年前のものだろう。

とはいえ、真志歩は当惑した。明の瞳にほのかに明かりがともったからだ。恐い経験ではなかったのだろうか。

『こわかったでしょう？』

「うん。でも……」

でも？　真志歩は小首をかしげて見せた。明はほっこりと微笑《ほほえ》みながら続けた。

「マミーさんがルカちゃんと二階へ行ってしまったあと、水が足首まで来て、もっと増えてきそうで、冷たいし恐いし泣きたくなったんだけれど、その時パパが手をひっぱってくれたんだ、お前も来い、って。そして、二階に連れていってくれた。そのあと、濡れた靴下を脱がせて新しい靴下をはかせてくれたんだ。嬉しかったよ」

真志歩は胸を突かれた。水が足もとまで押しよせてきたら、親として当然子供を避難させる行動をとるだろう。だが、その行為を嬉しいと感じるほど、明は日ごろ親から冷たいあつかいを受けていたのだ。

「かわいそうに」

真志歩は思わず手を伸ばし、明の体を抱きしめた。

明の体は石のように固くなった。しかしそれは、固くなったと真志歩が意識した瞬間にはすでに変わっていた。いまにも崩れそうな、まるで作りそこなったプリンのような柔らかさで、明は真志歩の胸の中にいた。

二人はしばらくそうやってぴったりと重なっていた。世界が動きを停止したかのように静謐《せいひつ》な時間だった。

ふっと真志歩は、前にもこんな時間があったことを思い出した。

大学二年の夏休みのことだった。

真志歩は帰省していた。

そして、裕貴も帰省していた。しかも、真志歩の帰省とぴたりと重なる日程で一カ月間滞在することになっていた。

真志歩は喜び勇んだ。前年の夏休みには、裕貴は家庭教師のアルバイトをするために数日で札幌に帰ってしまい、家でただおしゃべりをするだけで終わってしまった。今回は一緒に映画を見にいったり海水浴へ行ったりしようと、夢をふくらませた。

しかし、真志歩の母親は、真志歩と裕貴がひとつ屋根の下にいることを好まなかった。裕貴親子になんだかんだと嫌がらせをした。たとえば、夜、函館の友人に会いに行った裕貴が帰宅する前に門扉を施錠して家に入るのに手間取らせるとか、そういった嫌がらせである。それで、真志歩の母親の気持ちを察した裕貴は、わずか五日の滞在で札幌に帰ることを決めた。

真志歩は裕貴の決意を知らされていなかった。だから、その日、真志歩は高校時代の友人たちの誘いを断らずに、駅前で遊んでいた。コーヒーショップで話題が尽きるまでおしゃべりをしたあとカラオケへ行こうと外に出たところで、市電から降りてきた裕貴を見かけた。大きくふくらんだナップサックを背負って駅へむかう様子から、札幌へ帰るんだ、と直感した。真志歩は友達にわけも言わず、裕貴を追いかけた。信号待ちで遅れをとったから、走らなければならなかった。

「待って」

裕貴がふりかえって、立ちどまった。そこで歩をゆるめてもよかったのに、真志歩は走りつづけ、歩道のなにかに蹴躓《けつまず》き、転びかけ、すると裕貴の手が伸びてきて、真志歩を支え、そのまま真志歩は裕貴の胸に飛びこむ形になった。そうしてしばらくの間、二人は抱きあう姿勢になっていた。日が落ちて間もない時間でまだ大勢の車も人も行き交っていたのに、二人きりしかいないような静謐さに包まれて。

いや、心臓の音が、裕貴の心臓の音が真志歩の耳には響いていた。規則正しく、力強く、真志歩を勇気づけるような音だった。

「一緒に行きたい」

真志歩は裕貴の心臓にむかって言った。

裕貴は真志歩の肩を押すようにして、真志歩を自分の胸から離した。

「きみの大学は東京だろう」

やさしくほほえんで言った。

「そういう意味じゃない。一緒に電車に乗って、札幌でもどこでも、旅したい」

真志歩の口調は駄々をこねる幼女のようだったにちがいない。裕貴はいくぶん困り顔をして数秒間、沈黙していた。それから、言った。

「旅ならしているよ」

「え」

「地球が秒速三十キロで太陽のまわりを回っているって、知っている？　一秒の間に僕たちは三十キロも移動しているんだ。ここでこうやって出会ってから、数分経つだろう。僕たちはもう、数千キロも一緒に宇宙を旅しているんだ」

数千キロも一緒に宇宙を旅している。真志歩は、頭上を見上げた。濃紺色の空にいくつもの雲が浮かんでいて、ゆっくりと動いていた。雲の谷間に、ひとつふたつ星がまたたいている。宇宙なのか、と思った。自分たちは宇宙を旅しているんだ。

「この絶え間なく動いている広大な宇宙で、誰かと誰かが出会うなんて、奇跡に近いよね」

と、裕貴は言った。「僕ときみが出会えたこと」が裕貴の頭にあるのだろうと、真志歩は思った。しかし、裕貴は続けて言った。

「僕の母と弘太郎さんが出会えたことも奇跡なんだ。僕は、二人の関係を大事にしてあげたい」

真志歩は軽いショックを受けて、裕貴の瞳を見た。裕貴は、悲しみを含んだような、それでいて強さをともなった眼差しで、真志歩を見返した。

「だから、僕は札幌へ帰る」

「一番大事な人は」声が震えた。それでも、真志歩は言った。「お母さんなの？」

裕貴の返事はどこまでも明瞭だった。

「もちろん。僕を一人でずっと育ててくれた人だからね」

真志歩はこの時、裕貴とは決して結ばれない仲なのだということを悟ったのだった。そして、裕貴が真志歩が帰省している間は函館に戻らなくなったのも、その時からだった。


「お母さんさえ、ネックでなければねえ」

真志歩は、心のうちをつい口にした。

真志歩の胸の中で、明が身じろいだ。明は顔をあげて、真志歩を見た。手を伸ばし、真志歩の頰に触った。壊れものに触れるようなやさしい指先だった。

「なにか悲しい？」

「あー、ううん。家族って、大事だけれど面倒くさいものだなあって」

聞こえないだろうし、たとえ聞こえたとしても、十歳かそこらの男の子に分かる心境ではないだろう。しかし、明はものが分かったような顔をして小さく首を縦に動かした。

真志歩は、回想を頭からふりきった。明の体を離し、ペンをとりあげて、書いた。

『マミーさんって誰？　ルカちゃんて？』

「マミーさんはパパの奥さん。ルカちゃんはマミーさんとパパの子供」

麻奈美のことを、明はマミーさんと呼んでいたのか。ルカが麻奈美とパパの子なら、明のきょうだいに当たるはずだが。

『ルカちゃんは明君の妹、それとも弟?』

明は首をかしげた。

「妹って、なに。弟って?」

明は、ルカときょうだいとして育てられていなかったのだろうか。だとしたら、これはもう、明が親もとに帰っても絶望的な生活しか想像できない。四人家族の中で一人だけ除《の》け者《もの》あつかいされる子供の姿が、嫌でも真志歩の脳裏に浮かんだ。たとえ暴力を受けなかったとしても、地獄のように辛い生活にちがいない。

だが、明は満面に笑みを浮かべて言った。

「ルカちゃん、とてもかわいいんだよ。僕が手を顔の前にもっていくと、おもちゃみたいにちっちゃな指で握ってくれるんだ。それで、僕の指を嘗《な》めようとすることもあるの」

そこで、明は笑みを消した。

「マミーさんは怒るけどね、僕の手は汚いんだからルカちゃんに嘗めさせちゃいけないって。ルカちゃんに触ってもいけないって」

真志歩の鼻の奥がつんと痛くなった。明に涙を見せないように、真志歩はノートに顔をむけた。

『でも、明君はルカちゃんが好きなのね？　ルカちゃんに会いたい？』

明はすぐさまうなずいた。

「もうずーっと会っていないんだ。ルカちゃん、僕のことを覚えていてくれるかな」

明の話から推して、ルカは四年前はまだ赤ん坊だったようだ。明のことを覚えているのはむずかしいだろう。しかし、真志歩は、

『覚えているに決まっているわよ。ルカちゃんもきっと明君のことが大好きだよ。』

と書いた。美咲なら、一時しのぎの気休めと批判するかもしれない。しかし、真志歩は明に少しでも家族のいい思い出を残しておいてほしかった。ルカは明と親を結ぶ要になってくれるかもしれない。ルカが「お兄ちゃん」と言って明に抱きついたら、麻奈美の心も父親の心も明を認める方向へむく可能性がないだろうか。とはいえ、明を親もとに返したくないという真志歩の思いは強まることはあっても弱まることはなかったけれど。


美咲が尾崎とともに帰ってきたのは、十時すぎだった。華麗屋のいつもの閉店時間は九時なので、真志歩は明と二階の居間にいた。そこへ、美咲が入ってきた。石膏《せっこう》で固められたかのように表情が失せ、手に四角い形の白い小さな包みを持っていた。

「ああ、まだ帰らずにいてくれたのね」

美咲は吐息をつくように真志歩に言った。

「はい。明君を一人で残していくわけにはいかないので」

真志歩の目は、そう言う間も美咲の手の中の箱から離れられなかった。

「やはり？」

美咲ではなく尾崎がうなずいた。美咲は黙ってテレビ台へ行き、家族の写真の隣に箱を置いた。そのまましばらく動かなくなった。

なにごとか察したのだろう、明が美咲の背中を食い入るように見つめて、これも動きをとめた。

真志歩は、どういう態度で美咲に接していいのか分からなかった。祖母の死は経験しているけれど、行方不明から何年も経ってから死が確認されたというような場面に立ち会ったことはなかった。もちろん、そんな場面など滅多にあるものではないから、当然といえば当然だが。

天井の照明が何ワットか暗くなったように思えた。室内は物音ひとつ聞こえない静けさに包まれた。柱時計がこちこちと時を刻む音すら静まってしまったようだった。

「行方不明者の捜索願いってさ」

不意に、尾崎が静寂を破った。普段と変わらない口調だった。

「正式には行方不明者届と言うんだって。で、交番じゃなくて、警察署にそれなりの形式でもって届ける決まりになっているんだそうだ。それも、近親者とかごく親しい関係者でなければ駄目なんだってよ」

　真志歩はびっくりした。交番にいた巡査は、恵璃子の捜索願いを受け付けたではないか。

「まったくいい加減な警官だよ。全然捜す気なんかなかったというか、事件でもなんでもなく、子供を置いて行方をくらましたにちがいない、くらいにしか思わなかったんだろうな」

　美咲がこちらをふりかえった。

「尾崎さん、父が行方不明になった時に一緒に警察へ行って届け出をしたのに、すっかり忘れてしまっていたようね」

　居間に入ってきた時の固い表情が少し和らいでいた。それで、真志歩も華麗屋に来る前の日常（といっても、今日一日ずいぶん変則的な日常だったが）を取り戻して言った。

「じゃあ、警察は恵璃子さんを捜してくれないんですか」

「俺たち恵璃子の顔も知らないし、身の危険があるから捜してほしいと言っても行方不明者届を出す立場にはないって」

　尾崎が諦め顔で答えた。恵璃子について話されているのが分かるのだろうか、明が気遣わしげに尾崎と真志歩の顔を見比べた。

真志歩は、言い募った。

「でも、あのバッグがあるじゃないですか、河川敷で見つけた。身の危険がある証拠じゃないですか」

尾崎は「あ」という形の口をした。

「すっかり忘れていた。あれを持ち出せばなんとかなったかもしれない」

「バッグ?」

美咲が眉をひそめた。尾崎からなにも聞いていないらしい。もっとも、四年ぶりに父親の遺体が発見された状況では、ほかのことにかかずらっている余裕はなかっただろう。

「吾川の河川敷でバッグを見つけて、それが恵璃子さんのバッグだったんです。ええと、おまわりさんにはわたさなかったけれど、どこへ置いてきてしまったかしら」

「うちだよ。うちの書斎」尾崎が言った。「あれを持っていったら、身の危険性の証拠になって、警察も今度こそ親身になってくれるかもしれないな」

「バッグがなんで河川敷なんかに……」

つぶやいて、ふっと、美咲は白い包みに目をむけた。

尾崎の顔も神妙になった。

二人の関心は、ふたたび発見された父親にむいたようだ。

「河川敷で?」

真志歩は尾崎の耳もとで訊いた。尾崎はささやき返した。

「いや。川の中州というには小さな島で。それも、吾川川のずっと下流の、もう吾川川とは呼ばれていない川で」

「そんな遠くで」

見つからなかったわけだ、と思うと同時に、よく見つかったとも感じた。

「釣り人が、枯れた葦《あし》やら若木やらの間にひっかかっている骨のようなものを発見した。それが昨年の十月だって」

「十月……二カ月も放置されていたんですか」

「身元の特定に時間がかかったようだよ。市がちがうからね。それに、左手だけだったし」

尾崎は、自分の左手の肘頭から下をさっと撫《な》でた。

真志歩は驚いてテレビ台の上を見直した。お骨が入っているにしては小さな包みだと思ったが、左手しか入っていないのか。

「本当によく父にたどりついてくれたと思うわ」

美咲が言った。真志歩と尾崎は小声で話し合っていたが、狭い部屋の中、聞こえていたのだろう。美咲の口調は、昨夜見た不思議な夢でも語るように頼りなげだった。

「手が発見されてから、ほかの部分もないかとずいぶん捜したらしいけれど、結局は見つからなかったということで。でも、ブレスレットが手に残っていたから、それで父にたどりついた」

ブレスレット？　真志歩の心のつぶやきが聞こえていたわけでもないだろうが、美咲は説明した。

「父は、母の形見の金のブレスレットをはめていたの。指輪だと仕事の最中ははずさなきゃならないけれど、ブレスレットはいつもつけていられるから。父の手首は母のよりずっと太いから、ブレスレットの跡が手首についてしまって。それが肉が落ちてもからんで……」

美咲は、口をあけたまま途中で言葉を切った。涙が一しずく、頰に伝わった。美咲は乱暴な手つきで、その涙をぬぐった。

「私は、父が生きているなんて信じていなかったのよ。麗香があんまり悲しがるものだから、記憶喪失になってどこかで生きているという話につきあってあげていたんだわ。でも、実際にこういうことになってしまうと……」

美咲は、真志歩たちに背中をむけた。泣き声は漏らさなかったが、肩が大きく震えた。明が尾崎の顔と真志歩の顔と美咲の背中を交互に見た。自分自身も泣きそうな表情だった。真志歩は明を手招きした。明の肩を抱いて、

「明君、私のアパートに連れていきましょうか」

尾崎にささやいた。

「ん？　なぜ」

「お通夜をするのでは？」

「うん。そのつもりだけれど、明は三階に寝かせればいいよ。お通夜といったって、俺と美咲だけだから」

「麗香さんは？」

「麗香には知らせたけれど、交代の医者が見つからないんで、病院を抜けられないって。正月だから仕方がないよなあ。それに、さっき亡くなったというわけでもないし」

「ああ、そうなんですか」

ずいぶん寂しいお通夜だ。

「私もお通夜にくわわっていいですか」

「ああ、ありがとう。ここんちは無宗教だから、坊さんも呼ばないし、線香も炷《た》かないけどね」

それで、なにをしたかというと、夜っぴて故人の思い出話になった。美咲はほとんどしゃべらず、もちろん故人を知らない真志歩は質問以外の言葉は出ず、尾崎の独壇場になったが。それにしたって、途切れ途切れだった。下手なことをしゃべると、美咲の目に涙が盛り上がるためだった。

明は三階に行かなかった。ずっと真志歩に寄り添っていて、いつの間にか寝息をたてていた。結局、その場に蒲団を敷いて、寝かせた。

9

真志歩がアパートの部屋に帰りついたのは翌朝の六時だった。冬の早朝はまだ暗かった。部屋の戸をあけて真っ先に目に入ったのは、炬燵の上に置きっ放しのスマホが留守電メッセージがあることを知らせている赤紫色の光だった。ピカリピカリとせっつくようにまたたいている。

ジャンパーを脱ぐのももどかしくスマホを手にすると、母親からの留守電メッセージが何件も来ていた。最後はつい数分前で、「一体どこにいるの」。怒りと不安が綯《な》い交《ま》ぜになった声だった。

真志歩は炬燵に足を突っ込みながら、スマホを操作して母親に電話した。

母親はすぐに出た。

「真志歩」

と言ったきり、怒鳴りもせず数秒沈黙した。真志歩は恐る恐る、

「なにかあった?」

「それはこっちの台詞よ」

母親の声には不安と怒りの中に安堵が混じったが、それは長く続かず、

「夜じゅうどこへ行っていたの」

詰問すると、そのまま叱責になった。

「いつから家をあけるような不良になったの。だから、東京の大学にやるのは嫌だったのよ。おじいちゃんが甘くて、若いうちはほかの土地を見ておくのも悪くない、それに日央大なら東京といっても果てにあるから、函館より田舎なくらいだ、なんてあなたの肩をもつものだから、しょうがなくそっちへ行くのを許したけれど、やっぱり失敗だったわ。最後の最後になって、遊ぶことを覚えてしまったのね。まさか男のうちに泊まったんじゃないでしょうね」

どうしてこの人はこう、はじめからものごとを決めつけてしまうのだろう。真志歩の声もつい尖《とが》る。

「遊んでなんかいない。お通夜に行っていたの」

「お通夜？　誰が亡くなったの」

「バイト先のお父さん」

「バイト？　あなた、バイトしていたの」

バイトをしているのを内緒にしていたことを、うっかり失念していた。真志歩は口を

手で押さえたが、いまさら遅い。

「なんで？　お金に困っているの。だって、普通の生活には充分な仕送りをしているでしょう。バイトしなければならないほど、なにに使っているの」

「べつに使い道があってバイトはじめたわけじゃないよ。時間があるから」

また失言だ。母親は聞き逃すことなどない。

「時間がある？　だって、あなた、卒論を書くのに忙しくて夏休みも冬休みも帰ってこられないと言っていたわよね。バイトする時間があるなら、家に帰ってくる暇くらいあるでしょう。なんで帰ってこないのよ」

なんでと言われても……。

「黙ってないで、きちんと説明しなさい」

説明しろと言われても……。

「なんで黙っているのよ」

母親のボルテージがあがっていく。いまにもヒステリーを起こしそうだ。真志歩は渋々口を開いた。

「帰りたくないから」

「帰りたくない？　なんで帰りたくないのよ、自分のうちに」

あ、と母親は声をあげた。

「会いたくない人がいるからじゃないの。あなた、前島さんのことをいい人だとかばっているけれど、本当は嫌いなんでしょう。だから、うちに帰ってくるのがいやなんでしょう」

真志歩は呆気にとられた。母親がヒステリーを回避したのはめでたいが、真志歩の意図を自分の都合のいいほうに解釈してくれた。このあと出てくる言葉は見え見えだ。

「おじいちゃんにそう言ってあげるわ。おじいちゃんは前島さんよりも誰よりも真志歩がかわいいんだから、真志歩が前島さんのせいで帰省しないとなると、心を入れ替えるかもしれない」

「やめてよ、お母さん。おじいちゃんが前島さんと別れるわけはないでしょう。そんなことは期待しないで」

「そうかしら。やってみなければ分からないわ」

声が浮き足だっている。母親は本気で祖父に真志歩は紀久子が嫌いだと告げ口するだろう。

「お願い。私のせいで前島さんを追い出すような話にもっていかないで。私、前島さんのこと、本当に嫌いじゃないよ」

「自分だけいい子ぶりっこしないでちょうだい。前島さんのことは、我が家全員が嫌い。それが真実よ」

一瞬、真志歩は妄想にとらわれた。母親の言う真実を突きつけたら、祖父は紀久子と別れるだろうか。祖父と紀久子が別れれば、裕貴が母親の幸せのために真志歩に近づかないという理由はなくなる。裕貴と愛をはぐくむことができるかもしれない。

真志歩は頭をひとふりした。愚かしい考えだ。紀久子を嫌いだと言った娘を、裕貴が相手にするわけがない。それどころか、憎みさえするかもしれない。

「じゃ、早速今日、おじいちゃんに話すからね」

母親は一方的に電話を切った。

真志歩は、しばらく茫然《ぼうぜん》とスマホを握っていた。それから慌てて電話帳を開いた。

『彼』

それが電話帳に登録した裕貴の名前だ。真志歩はその名前をタップした。

十回ほどのコールののち、声が流れてきた。

「もしもし」

とても眠そうな声だ。そうだ、まだ朝の六時をすぎたばかりなのだ。休暇中の院生が目覚めているわけがない。だが、かけてしまったものは仕方がない。

「ごめんなさい、朝早く。真志歩です」

「うん、分かるよ。なにかあった？」

「ええと」

夢中で電話したものの、なんと切り出せばいいのだろう。母親があなたのお母さんを家から追い出す策を練っている、とでも？　まさか、まさか。

「あなたのお母さんは元気？　私、あなたのお母さんのことが好きよ、とてもね」

相手は数秒、沈黙した。目の前を通りすぎた猫を犬だと教えられた人のような沈黙だった。それから、言った。

「ありがとう。でも、それを言うためにわざわざ電話をくれたの」

「そうよ。そうだ。それから、私があなたのお母さんを好きだということを、おじいちゃんに伝えておいてほしいの」

裕貴はもう一度沈黙した。今度は、目の前を通りすぎた猫を犬だと言う相手の心理を推し量っているような沈黙だった。そして、言った。

「分かったよ。必ず言っておく」

真志歩は、ほうっと大きく息をついた。それで、用事はおしまいだった。しかし、真志歩は電話を切りたくなかった。一カ月ぶりに聞く声なのだ。一カ月前は、自分は冬休みに帰省しないと伝えるために電話した。それ以来、話す用事もなくて電話していないし、裕貴からかかってくることもなかった。

「あの」

「ん？」

「そちらのお正月はどう？」

「うん、久しぶりに正月らしい正月を味わっているよ。母さんのお節料理を食べたり、お餅もずいぶん食べた」

「よかった」

一昨年《おととし》と去年の正月は、裕貴は札幌に残っていた。真志歩の母親に遠慮したのだ。今年、真志歩が大学を終えて函館に帰ったら、裕貴はまるきり帰省しなくなるだろう。せめて真志歩が東京にいる間は裕貴に紀久子と一緒の時間をつくってあげたい、そう考えて、真志歩は四年生になってから長い休みでも家に帰るのをやめたのだ。

「真志歩ちゃんはどう。卒論はうまく進んでいる？」

卒論を書かなければならないから帰れない、帰省しないことにした嘘の理由を、裕貴は頭から信じているようだ。

「うん。ちゃんと卒業させてもらえそうだよ」

「じゃあ、四月には予定通り函館に帰ってこられるね」

そう言った裕貴の声に喜色があっただろうか。それとも、不満があっただろうか。真志歩の耳は聞きとれなかった。

「裕貴さんは、無事博士課程に進めそう？」

「いや、博士には進まないんだ」

「え」

　と言ったきり、真志歩は続ける言葉がなかった。裕貴はアカデミーに残るのが夢だと言っていた。だから真志歩は、裕貴がこの春、博士課程に進むとばかり思っていた。研究室に残れなかったのだろうか。そんなに能力が低いとは思えないのだけれど。

「就職することにしたんだ」

　裕貴は、暇潰しにテレビを見ることにしたんだ、とでもいうような気軽な調子で言った。人生設計の大転換のはずなのに。

「もう決めちゃったの？」

「うん。就職先も決まっている。いま、売手市場だからね。博士号を持っているよりも修士だけのほうが、いいところに買ってもらえるという話がそこら中で蔓延《まんえん》していたし」

「そうなんだ」

「就職先は東京だよ。入れ違いになるね」

　真志歩はスマホを握り直した。目眩《めまい》かしら、体がまわっているような気がする。

「もう休みでも滅多に函館に帰ってこられないかもしれない。今年、おふくろの正月料理を味わえてありがたかったなと思うよ」

　裕貴の声がかぎりなくやさしくなった。真志歩の真意を知っていて、お礼を言っているかのようだ。

私たちは永遠に入れ違いになっていなければならないの。そして、あなたはそれをなんとも思わないの。泣きたいよ。私は泣きたいよ、裕貴さん。真志歩はそう言いたかったけれど、口はちがう言葉をくりだしていた。

「お母さんが寂しがるだろうね、滅多に函館に帰省できなくなったら」

「うん、多分」

間があいた。

「じゃあ」

裕貴が電話を切りそうになったので、真志歩はろくに考えもせずに言った。

「私が東京に就職していたら、裕貴さんは北海道にいたのかな」

裕貴は、またしても沈黙した。今度のは、川に飛び込む前に水の深さをはかっているかのような沈黙だった。長かった。真志歩のほうから先に口を開いた。

「ごめん、馬鹿なことを訊いて」

「いや」短い間を置いてから、裕貴は続けた。「真志歩ちゃんは安心して函館に帰ってきてもいいんだからね。こんなこと言える立場じゃないかもしれないけれど」

裕貴は、私のことを気遣って東京に就職することにしたのじゃないだろうか。真志歩は胸がきゅんと締めつけられた。やはり裕貴はやさしい人なのだ。

「分かっている」真志歩はやっとの思いで言った。「朝早く起こしてごめんなさいね」

「ううん。真志歩ちゃんの早起きにはびっくりしたけれどね」

「じゃあ、おやすみなさい」

裕貴はアハッと笑い声をたてて、電話を切った。

「私って、ジュリエットみたい」

真志歩は、黙り込んだスマホにむかってつぶやいた。しかし、裕貴が自分をロミオだと感じているかどうかは不明だった。

10

柚木姉妹も尾崎も、当分の間、姉妹の父親の葬儀や死亡によって生じたさまざまな手続きに忙殺されるだろう。目の前にいる明の世話はともかく、恵璃子の行方を捜す余裕などないにちがいない。

真志歩は、一人で恵璃子の捜索をすることにした。つまり、明の実家を訪ねてみることにしたのだ。

明を華麗屋の前に残した恵璃子は、おそらく福岡家へむかったのだ。不足分のホテル代を用立ててもらう目的で。

恵璃子は福岡家にたどりついたのだろうか。それとも、その前になにごとか災難に遭って明のもとに戻れない状態になったのだろうか。

福岡家でなにか凶行に遭ったと考えるのは、ちょっと恐ろしい。だが、その可能性はなくはないのだ。吾川川の河原にバッグが落ちていたから福岡家とは関係のない災難に思えるけれど、それ自体、偽装工作かもしれないのだから。

福岡家でなにかあったと考えるのは、真志歩が福岡夫婦にいい感情を抱いていないからだ。それはそうだ。明の体の傷が親によるものだとしたら、夫婦がいい人間のわけはない。それを確認するためにも、明の実家に行ってみなければならない。

真志歩は炬燵でいくらか睡眠をとったあと、昼すぎにアパートを出た。福岡家の住所はしっかりと頭に入っていた。町名は異なるが、アパートからさほど遠くない。明が恐怖した通りをとおる必要もない。アパートを出て三、四分で川南町に入った。

福岡家のある地域は、新興住宅街のようだった。比較的新しい一軒家が整然と立ち並んでいた。

川南町には川という文字が入っているが、この地域は吾川川からかなり離れている。明の話では、四年前の水害の時、福岡家も浸水したようだが、こんなところまで水が来たのだろうか。それとも、水害のあった年、一家はもっと川に近いところに住んでいて、浸水をきっかけにこの辺りに引っ越したのだろうか……。

歩きながら真志歩は、そういった考えても仕方がないことを考えたのに、肝心なことを考えるのを忘れていた。『福岡』という表札のかかった家の前まで来て、はたと気がついた。どう言って、玄関ドアをあけさせたらいいのだろう。

恵璃子さんの行方を教えてください、そう言ったら、玄関ドアはあくかもしれない。しかし、もし恵璃子の失踪に福岡家がかかわっているなら、知りませんという一言で終わるのが落ちだろう。

お宅のお子さんを預かっているのですが、と言うのも問題だ。じゃあ、連れてきてくれと言われたら、明を地獄に突き落とすことになるかもしれない。

とりあえずは家の中を窺うだけでいいのだが、それにはどういう口実があるだろう。ガスや電気の点検は最も室内に入りやすい口実だけれど、真志歩はそんな格好をしていないし、たとえしていたとしても、そんなふうに見える自信はない。尾崎なら、それなりの格好をすれば技術者に見えるかもしれない。見えるにちがいない。尾崎とともに出直すべきだろうか。

出直すべきだろう。私がやらねば、という熱い意気込みをもってここまで来たのに、真志歩はあっという間に決意を翻した。

その前に、外から観察だけでもしておこう。真志歩はあらためて福岡家を眺めまわした。

赤い瓦屋根に薄茶色のモルタル塗り木造二階建てだが、建物面積はさほど大きくなさそうだ。玄関は南に面していて、てのひらほどしかない庭には芝生が張られている。その一部を煉瓦《れんが》で丸くかこって土を盛り上げているのは、花の種を蒔《ま》いているのかもしれない。春が来たら、なかなか見栄えのする外見になりそうだ。低いフェンスとそれに続く華奢《きやしや》な門扉はいずれも白色だ。概して清潔な雰囲気で、子供を虐待する人間が住んでいるようには見えない。

南側には一階と二階に窓がふたつずつある。一階の右手の窓は、窓というよりガラス戸というべきかもしれない。いずれもレースのカーテンが隙間なくかかっていて、中は見えない。

そういえば、人がいるにしては静かだ。中からこれっぽっちも物音が聞こえてこない。北海道の建物だと防寒のために二重窓や三層の窓ガラスを使っているから、それが防音の役目も果たしているのだけれど、東京でそんなことをしている家はありそうもない。

留守なのだろうか。そう思って家を見直すと、カーポートに車がない。

一家は車で出かけているのだ。なんだ。中に入る手立てをあれこれ悩む必要なんかなかったのだ。

真志歩がまわれ右をして帰ろうとした矢先に、角を曲がって車がやってきた。真紅の小型車だ。福岡家の前でとまった。

一家が帰宅したのだろうか。

いや、中から降りてきたのは、六十歳前後の女性だった。いくらなんでも福岡麻奈美が六十歳のわけはない。それに、車に乗っていたのはその女性一人きりだ。

女性は門扉をあけようとして、真志歩に気づいた。

「どなた」

「あ……近所のものです」

咄嗟に嘘をついてしまったけれど、女性は疑いもしなかったようだ。

「ちょっと心配なことがあって」

真志歩に言うともなく言って、家を不安げに眺めまわした。

麻奈美のほうの母親だろうか。それとも、基彦のほうの母親だろうか。硬そうな髪の毛は半白だけれど、染めていないので年相応の威厳が感じられる。顎が四角張っていて気の強そうな反面、目尻の短い丸い目がやさしげだ。明とは全然似ていない。だから、麻奈美のほうの母親だと思うけれど、祖母と孫息子が似ているとはかぎらない。

「昨日来ると言っていたのに、来なかったんですよ。一日から連絡がとれなくなっているし」

女性は言い訳するように言って門扉をあけると、敷地内に入っていった。真志歩は拒否されなかったので、一緒に敷地内に入った。

女性はまず、ドアフォンを鳴らした。一分きっかり待ったが、なんの応答もなかった。女性の不安が、真志歩にも伝染してきた。昨日女性の家を訪ねるといっていた福岡一家が無断で予定を変更し、なおかつ家にもいないらしいというのは、彼らの身になにかがあったとしか思えない。恵璃子が行方不明になった日と、福岡家と連絡がとれなくなった日が同じなのも気がかりだ。

「もしかしたら、ルカの容体が悪化して病院に行っているのかもしれない。それにしたって、連絡をくれてもよさそうなものなのに」

女性は苛々とつぶやいた。

「ルカちゃん、病気だったんですか」

一家が病院に行っているとすれば、車がなくても不思議はない。恵璃子の行方不明と無関係の可能性も出てくる。

「じゃあ、病院なのでは。車もないし」

「車はね、少し前に事故を起こして大破して、それから買っていないんですよ」

「それは……お気の毒に」

「ええ。あの人から手紙が来てから、災難つづき……」

「あの人から手紙」。真志歩は、恵璃子への麻奈美からの手紙を思い浮かべずにいられなかった。恵璃子がまず手紙を出して、それにたいする麻奈美の返事だ。その中で麻奈美は、明をひきとることを渋々承知していた。女性の言う「あの人」が恵璃子ならば、恵璃子の申し出が災難を引き起こした、と、そうも受け取れる。

女性は玄関のドアノブをひねった。ドアは開かなかった。鍵がかかっているのなら、やはり外出しているのではないだろうか。

女性は諦めきれないようだった。裏へまわった。真志歩は今度も拒否されなかったので、女性のあとについていった。

女性は勝手口のドアノブをねじった。ドアは苦もなく開いた。

押し殺した声で呼ばわりながら、女性は家にあがっていった。

「麻奈美、麻奈美」

真志歩は、さすがに女性についていくのをためらった。しかし、ここに来た理由を思い出した。女性が現れる前、真志歩は恵璃子を捜すためになんとかして福岡家に入る方策はないかと考えていたのだ。

真志歩はためらいをふりきって、中に入った。そこは四畳半くらいのダイニングキッチンで、すでに女性の姿は消えていた。真志歩は視線を巡らした。

流し台のシンクに、食器が難破した舟のように積まれていた。残飯の臭気も漂っている。家の外観とは裏腹の不潔さだ。それだけを意識におさめて、真志歩は次の部屋に行った。

南に面した六畳ほどの居間だった。さっき外から眺めていた大きなガラス戸から陽光が差し込んで、明るい雰囲気だ。家具はテーブル形式の炬燵と40インチ大のテレビが目立つ程度だ。人の姿はない。少し前まで誰かが炬燵でぬくんでいた形跡もない。左手にあるドアが大きく開いていた。

と、声が聞こえてきた。

「どうしたの、麻奈美。しっかりして、どうしたの」

麻奈美の母親とおぼしき女性の声だ。居間を出ると玄関ホールで、階段とドアが三つあった。居間の隣のドアが開いていたので、真志歩は中を覗きこんだ。

まず、麻奈美の母親の背中が見えた。小さな部屋だ。二、三歩室内に入れば、彼女の背中に触れられるだろう。そのくらいの距離しかない。

それから、麻奈美の母親が人間大の人形を両手で抱いて揺さぶっているのが目に入った。

いや、ちがう。麻奈美の母親は、人形のような人間を揺さぶっているのだ。母親の腕の中であちらをむいた頭も、床に長くのびたスカートをはいた足も、母親の揺さぶりにつれてかくかくと動いている。自力が感じられず、まるで人形のようにしか見えない。

さらに、その二人のむこうにベッドがあった。掛け蒲団が薄く盛り上がっているので、誰かが寝ていることは確かだ。しかし、頭の近くになにか機械のようなものがあって、それが顔を隠していた。ただ、室内にミニカーやソフトビニールの恐竜が溢れているので、寝ているのは子供にちがいなかった。明が家を出てから新しい子供が生まれたのでないとしたら、ルカだ。

ルカは病気らしいけれど、それにしてもこの状況下で、こんなにおとなしく寝ているものだろうか。

「あの」

真志歩は恐る恐る女性に声をかけた。

麻奈美の母親は真志歩をふりかえり、はっとしたように叫んだ。

「救急車を呼んで、お願い」

真志歩は、肩にかけていたポシェットからスマホを出した。が、画面を開いて目が点になった。真っ暗だ。電池切れ……。

今朝裕貴に電話したあと、充電が必要だと思ったのに、すぐに実行に移さないまま忘れてしまったのだ。

「あの、携帯貸してください」

「バッグに」

麻奈美の母親は、自分の膝近くに無造作に置かれたショルダーバッグを目で指した。

「失礼します」

真志歩はバッグを開いてスマホを出し、119をタップした。恵璃子はこの家のどこかにいるのだろうか。いるとしたら、どんな状態で？

指が震えた。この家でなにが起こっているのだろう。恵璃子はこの家のどこかにいるのだろうか。いるとしたら、どんな状態で？


それとも、恵璃子がこの状態をつくりだしたのだろうか。

まさか、考えすぎだ。麻奈美の身になにが起こっているのかも分かっていないのに。

119への電話が終わると、麻奈美の母親は言った。

「もう一件、お願い」

「どちらへ」

「電話帳を開いて基彦という名を出して、そこへ」

明の父親は外出しているのか、そう思いながら真志歩は言われた通りにした。

「基彦さんが出たら、スマホを私の耳に当ててください」

「はい、でも」

呼び出し音を二十回くらい鳴らしたが、基彦は出なかった。

「出ないんですけど」

真志歩は、開きっぱなしのドアを見た。

ドアのすぐそばには階段があって、二階につうじている。その二階から、かすかに電子音が聞こえている。スマホの呼び出し音ではないだろうか。

「あの音、基彦さんのスマホの呼び出し音ではありませんか」

麻奈美の母親は、天井を見上げた。目で音を聞こうとするかのように呼び出し音五回分の長さで鋭く天井板を凝視していたが、やがて首をふった。

「私にはなにも聞こえないわ。私、いくらか耳が悪くなっているから」

「そうですか」

「二階へ行ってみてくださらない」

「私が、ですか」

「私は二人を放っておけないから」

真志歩は、思わず唾を飲み込んだ。ひどく悪い予感がした。なにか自分の大嫌いなものを見つけるような気がした。だが、これは恵璃子を捜すためのチャンスでもあった。真志歩は意を決して部屋を出、階段をのぼっていった。

握りしめたままの麻奈美の母親のスマホは、相変わらず呼び出し音を発している。そして、階段をのぼるにつれ、電子音はますます鮮明になってきた。あれは、ビートルズの「イエスタデイ」だ。基彦にはどんな「昨日」があったのだろう。

階段をのぼりきったところに、ふたつのドアがあった。ふたつのドアの間に点々と赤茶色の染みがついている。それが血痕だと瞬時に見てとって、真志歩はその染みを視界から締め出した。

階段の手前のほうのドアが開いていた。そこから、イエスタデイが流れてきている。真志歩は中を覗く前に、基彦のスマホの通話を切った。

メロディがやんだ。

真志歩は深呼吸をひとつしてから、ドアのむこうに視線を走らせた。

ダブルベッドがあった。そして、そのベッドに上半身を乗せた人影があった。仰向《あおむ》けではなく、突っ伏した状態だ。床に垂れかかった腕の真下にスマホがあった。

真志歩の胃がぎゅっと引きしぼられた。人影に近づきたくなかった。部屋に入るのさえ嫌だった。室内にはどこかしら鉄分の臭気が感じられた。

「あのー、基彦さんですか」

真志歩は言った。声帯の調節ができなくて、首をしめられかけた鶏のような声になった。相手に意識があれば、まちがいなく頭を起こしてこちらをふりかえっただろう。

なんの反応もなかった。それでもう充分だった。

真志歩はもう一度、麻奈美の母親のスマホを使って119番を呼びだした。

「さきほど救急車を呼んだ佐藤ですが、もう一人、倒れている人がいます。救急車を増やしてください」

言いながら、この家にはさらに一人、返事のできない人間がいるかもしれない、と思った。

電話を切ると、真志歩はむかいのドアに体をむけた。このドアは閉まっていた。こちらと寸分たがわない木肌色の合板でできた、秘密めいたところはなにもない、平凡に閉まっているだけのドアに見える。

一分以上、真志歩はドアとむかいあっていた。まるでそうしていれば、中から見たくないものが消え失せると信じているかのように。

遠くから、ピーポピーポという音が聞こえてきた。救急車だ。

救急車って、深刻な場面に到着するのに、なぜあんな玩具のラッパのような脳天気なサイレンを鳴らすのかしら。真志歩は埒もないことを考えてから、ドアノブに手をかけた。自分自身にとっても唐突な行為だった。救急隊員が来てからではこのドアをあけている暇はない、と脳のどこかが判断したのだろう。

薄暗かった。窓にカーテンがかかっているのだ。青い、星座の模様をちりばめたカーテンだ。真志歩は壁をさぐってスイッチを見つけ、明かりをつけた。

六畳大の洋間に、机しかなかった。机は真新しくて、誰かが使っているという雰囲気はない。机の上に載っているのは、何本かの釘《くぎ》と釘が入っているらしいプラスティックの小さな容器だけだ。机の横の壁に木製のなにか（おそらく棚になると思われる）が作りかけになっていて、その下に金鎚《かなづち》が転がっていた。そして、その辺りからドアまで、点々と赤茶色の染みが続いていたので、真志歩はすぐさま目をそむけた。といっても、全面的に下を見ないですますわけにはいかなかった。まちがっても染みを踏みたくなかったから。

見えるかぎり、人の姿はなかった。

右手に作りつけの大きめの洋服簞笥《だんす》がある。その中なら、大人が入るくらいできるだろう。

しかし、真志歩は簞笥を開いて見る勇気が湧いてこなかった。

ちょうど救急車のサイレンが家の前にたどりついた。真志歩は、転げ落ちないように手摺《てすり》につかまって下へおりていった。階段をおりようとしてはじめて気がついたのだが、足が鳥の羽ばたきのように震えていたのだ。

ドアのチャイムが鳴らされた。麻奈美の母親が応じる気配はなかった。娘を両手に抱えて身動きがとれないままなのかもしれない。真志歩は玄関にあった大きなサンダルをつっかけ、鍵を解いてドアを開いた。救急隊員が二人立っていて、

「病人はどちらです」

慌ただしく訊いた。

「あちらと二階です」

真志歩は、両手で子供部屋と二階を指さした。救急隊員は二手に別れた。真志歩は二階へむかった救急隊員についていった。

「そこです」

真志歩があいたドアをさし示すと、救急隊員は臆せず室内に入っていった。ベッドに突っ伏している人影のそばまで行くと、

「ああ」

と、低い声をあげた。それから、手をとって脈をはかった。

真志歩はドアから一歩も先へは行かず、

「どんな様子ですか」

ささやき声で尋ねた。隊員はそれには答えず、真志歩のわきを通り、勢いよく階段を駆けおりていった。

「おい、そっちはどう」

子供部屋にむかって問いかけてから、

「こっちは一刻の猶予もない」

言いつつ、家を出ていった。すると、子供部屋の救急隊員も外へ飛び出していった。

二人はすぐさま担架をかついで戻ってきて、二階へあがっていった。

子供部屋を覗くと、麻奈美の母親が飼い主に見捨てられた猫みたいな顔をして真志歩を見返した。

「ねえ、なにが起こっているの」

「二階にも倒れている人がいるんです、多分基彦さんが」

二階から、迅速かつ慎重な動作で担架をかついだ隊員たちがおりてきた。外へ出ていく。

とうとう麻奈美の母親は、麻奈美を抱きかかえているのをやめた。よろよろと立ち上がって、玄関へ出ていく。

「基彦よりも麻奈美を早く病院へ連れていってくれなきゃ」

玄関ドアから首だけ出して叫んだ。初対面で感じた年相応の威厳は消え失せ、友達に置いてけぼりを食って地団太を踏んでいる子供のようだった。

「大丈夫です、もう一台救急車が来ますから」

真志歩は麻奈美の母親の肩に手をかけて言ったが、母親の耳に届いたかどうか。

「どちらか救急車に乗ってください」

担架を車内に乗せた救急隊員がこちらをむいて声を張り上げた。

「私はいや」

と、麻奈美の母親は言った。基彦のことなどなにも知らない私が同乗しても、と真志歩は思ったが、彼女がいやだと言うなら、仕方がない。

「私、行きます。靴、裏口にあるのでちょっと待ってください」

真志歩は救急隊員に言って、台所へむかった。もう一台の救急車の音が聞こえはじめた。

11

基彦は、麗香の勤める吾川市立病院に搬送された。

麗香はとっくに夜勤明けで帰宅してしまっただろうと思っていたが、救急車を出迎えた医者が麗香だったので、真志歩は驚いた。

麗香のほうも、救急車からおりてきたのが真志歩だったので目を丸くした。

「なんで？」

「明君のお父さん」

麗香の唇がもう一度「なんで」という形を描いたが、救急車から基彦がおろされてきたので関心はそちらにむかった。

「収容時の意識は」

「ＪＣＳでⅢの３００です」

救急隊員とやりとりしながら、麗香は担架について病院の中に入っていった。真志歩はその場に残ろうとしたが、麗香がふと気がついたようにガラス戸越しにこちらをふりむき、来なさいという手つきをしたので、慌てて走りこんだ。

「どうしてこんなことになったの」

麗香は追いついた真志歩に訊いた。

「分かりません。明君の実家に行ったら、麻奈美さんがルカちゃんの部屋で倒れていて、それから二階で基彦さんを発見したんです」

「どんな状態で」

「ベッドに上半身をあずけて。声をかけても返事をしないんで、亡くなっているのかと……亡くなっていないんですね？」

「非常に危ない状態だけれど。そうだ。明君を呼んだほうがいいかもしれない」

「明君を？」

処置室の前まで来たので、麗香は真志歩との会話を打ち切った。医療チームと患者は中に入り、ドアが閉じられ、真志歩はその場に残された。

明をこの場に連れてくる。あの状態の父親と対面させる。それが明の精神にどんな波紋を起こすのか、真志歩には見当もつかなかった。明が父親にたいしてどんな感情を抱いているのか、不明なのだ。

真志歩は、自分が十歳のころの父親への想いを思い出そうとした。しかし、父親との思い出はまっさらな画用紙のようになにもなかった。凧揚げも、キャッチボールも、さらには百点満点のテストを見て喜ぶ顔も、祖父のものであって、父親のものではなかった。ただひとつ浮かんできたのは、日曜日でも書斎にこもって仕事をしている父親の姿だった。書斎にこもっているのだから、実際は父親の姿ではなく、閉じられた書斎のドアだ。

　明が父親の存在を真志歩のように希薄に感じているとは思えない。かといって、柚木姉妹のように父親に限りない愛情を抱いているかどうか。

　けれど、父親が死にかけているのなら、やはり対面させたほうがいいんだろうな、とも思った。

　真志歩はポシェットをさぐりかけ、スマホが使用不能だったことを思い出し、さらにはスマホがなければどこにも電話できないことに気がついた。華麗屋の電話番号を紙媒体にメモしていないし、もちろん記憶にもとどめていないのだ。大学や実家の固定電話だって覚えているかどうか怪しい。昨日、スマホなしでも生きていけると思ったのは、大間違いだった。

　コンビニで充電器を入手することも考えたが、それよりも直接、華麗屋に行くことにした。吾川市立病院は私鉄の駅からいくらか離れた地点にあるが、その代わり病院の前からバスが出ていた。吾川駅、その隣の駅、それから大規模団地のある地区へ行く三路線があって、うまい具合に一分も待たずに吾川駅行きが来た。

　バスは三十分以上かかって吾川駅についた。麗香は家から職場まで車で十分と言っていたから、バスはあちらこちら寄るためによほど遠回りしているのだろう。駅まで走ったほうが早かったかもしれないと思いながら、真志歩は華麗屋へむかった。

華麗屋のガラス扉には「臨時休業」の張り紙がしてあった。ガラス扉のむこうにちらちらと人の動く姿が見える。施錠されていなくて、押すと開いた。

線香の匂いが鼻をついた。カウンターにA4の大きさの達也の写真が置かれていて、その手前に白菊をいっぱいに盛った花瓶と線香立てがあった。そこで数珠を持つ手を合わせているのは、三、四軒先の田辺ベーカリーのおばあちゃんだ。

おばあちゃんのそばには神妙な顔つきの美咲が立っていて、真志歩が入っていくと、ふっと幻のような苦笑をこぼした。この家の主ではなく、おばあちゃんの付き添い人のように見えた。

おばあちゃんが洟《はな》をすすりあげながら、顔をあげた。

「じゃ、ちゃんと偲《しの》ぶ会をやってね」

「はい、します。日にちが決まったら、お知らせします」

おばあちゃんは、いま一度写真にむかって頭をさげ、ついでのように美咲と真志歩にも頭をさげて、店を出ていった。

おばあちゃんを見送ると、美咲の口もとには堂々と苦笑が浮かんだ。

「なぜかもう」と、美咲は言った。「父の遺体の一部が見つかったという話が町内会じゆうに広がっているらしくて、お正月だというのに次々と弔問客が来てくれるの。たいていは女の人。いまの田辺のおばあちゃんで、だいたいおしまいかな」

真志歩の視線が写真立てにむいているのに気がついて、美咲はつけくわえた。

「写真がほしいとか、お線香をあげなきゃ駄目だとか、いろんな注文をされるものだから、大変。写真は急きょ、パソコンに入っていたのをプリンターで印刷して、お線香はうちになかったから中島さんからもらって」

美咲は、ピンと線香立てを指ではじいた。よく見ると、それは客用の砂糖壺《つぼ》で、美咲の苦心が偲ばれた。

「でも、おかしなものね。ご近所がわあわあと来てくれたおかげで、なんだか悲しみが遠のいたわ。人が亡くなった時、お葬式って必要なものなのかもしれない」

そういう美咲の横顔は、しかしやはり悲しみを含んでいた。それがいつも以上に美咲を美しく見せてもいた。同性の真志歩でさえ瞬間冷凍して永遠に保存しておきたいと思える美しさだ。

しかし、真志歩は美咲の横顔に感心している場合ではないことを思い出した。

「明君はどこに？」

「大勢の人が来るんで、疲れちゃったみたい。二階で眠っているわ」

かわいそうだけれど、起こさなくてはならない。真志歩はカウンターの内側に入り、二階へ行こうとした。美咲はびっくりしたように引きとめた。

「どうしたの。起こさないほうがいいわよ」

「明君のお父さんが危篤状態なんです。麗香さんが明君を連れてきなさいって」

一瞬、美咲は、世界が白紙状態になったかのような停止した目つきになった。だが、すぐにすべてを理解したらしかった。

「市立病院にいるのね。私も行くわ」

美咲の頭の回転は、ＣＰＵレベルだ。


尾崎も含めて四人でタクシーに乗り、吾川市立病院へ駆けつけた。

十分かそこらの短い乗車の間に、美咲は矢継ぎ早に質問を発した。真志歩は、基彦を発見したところまではすらすらと答えられたけれど、では、基彦がなぜ死にかかっているのかという点になるとしどろもどろになった。

「頭の傷がどうのこうの、という話を救急隊員がしていました」

真志歩は、基彦に付き添って乗った救急車で小耳にはさんだことを話した。

「基彦さんは血を流していた？　周囲に血の跡があった？」

美咲は訊いた。

「いいえ、分かりません。私、そばに近寄らず、ドアのところから見たので」

それから、真志歩は救急車で期せずして目にしたものを思い出し、顔をしかめた。

「髪の毛の一部が血でごわついていました。でも、もう固まっていて、流れてはいませんでした」

「とすると、頭を怪我してからだいぶ経っている可能性があるわね」

「頭の怪我は、危篤になったこととと無関係なのかな」

と、尾崎が首をひねった。

真志歩の脳裏に、不意に基彦発見時の映像が蘇《よみがえ》った。

「そういえば、隣の部屋から基彦さんの倒れていたベッドルームまで、血の跡がありました。そして、隣の部屋の血痕がはじまる辺りには金鎚が落ちていたんです。隣の部屋で怪我をした基彦さんは、救急車を呼ぶためにベッドルームにあるスマホを目指していき、スマホを手にしたところで力尽きたんじゃないでしょうか」

「なるほど。基彦さんは金鎚で誰かに頭を殴られたということね」

美咲が言うと、尾崎が面白がっている口調で、

「そう決めつけることもできないよ」と言った。「基彦は大工仕事をしている時になにかの理由で人事不省に陥ったのかもしれない。そして、手にしていた金鎚を足もとに落とした」

美咲は、栗色の髪を揺らして肩をすくめた。

「あるいは、基彦さんは釘を打っている最中に指を打って思わず金鎚を放り投げ、それが自分の頭に命中したのかもしれないわ」

美咲と真志歩にはさまれて座っていた明が身じろいだ。もらってきたばかりの臆病な小犬のように、わずかに真志歩に体をこすりつける。真志歩は、その動作に美咲と尾崎の会話にたいする抗議を感じた。もちろん、明には聴覚がないのだから、真志歩の思い込みだろうけれど。真志歩は話をそらした。

「病院に麗香さんがいたので驚きました」

「ああ、あの人、昨日から帰っていないのよ。夜勤は朝の六時までのはずなのに、日勤まで引き受けちゃったんだわ」

「お正月でドクターが手薄だから？」

「それはそうなんだろうけれど、でも、帰ってきたくないんだと思うわ」

「え、どうして」

四年ぶりに父親の遺体が発見されたというのに、左手だけとはいえ。一刻も早く対面したいのが人情ではないだろうか。

美咲は揶揄する調子で言った。

「帰ってきたら、お父さんが亡くなったことを事実として受けとめなければならなくなるから、できるだけ先のばしにしたいんでしょう」

「麗香は本当にお父さんっ子だったからなあ」

尾崎がしみじみと言ったところで、タクシーは市立病院についた。

明は、建物に掲げられた『吾川市立病院』という看板を不安そうに眺めた。

明には、ただ、「大事な人に会いに行く」とだけ説明しておいたのだ。父親の名前を出したら、行くことを拒むかもしれないと美咲が主張したからだ。真志歩は、水害の時に父親が二階に連れていってくれたと語った明の口調から、明が父親を嫌っていないという感触を得ていたけれど、ただ病院には麻奈美も運びこまれているにちがいなく、麻奈美と遭うことになる可能性も考えて美咲に異議を唱えなかった。

「恵璃子、入院しているの？」

明は訊いた。

「ううん、恵璃子じゃないの」

と美咲が首をふったのを見て、明は肩から力を抜いたようだった。

「よかった。また血を吐いたのかと思った」

「血を吐いた、恵璃子が？」

三人の大人はぎょっとして足をとめた。

『恵璃子は病気なの？』

尾崎が手早くノートを出して質問した。明は、首を前後にふりかけてやめた。

「恵璃子は病気じゃないと言っている。でも、前に血を吐いたんだ。それで、入院していろいろ検査したの。じきにまた検査しなくちゃいけないと言っていた」

「血を吐いたんなら、ただごとじゃないかも」

と美咲が言い、尾崎も言う。

「それで恵璃子は、明を親もとに戻そうとしたのか」

その親が大変なことになっているのだ。

「恵璃子さんはともかく、基彦さんの様子を見なくては」

「あ、そうだ」

四人は急ぎ足で院内に入った。

救急車で基彦を搬送してから、かれこれ二時間近くが経っている。すでに緊急の処置は終わっているだろう。受付へ行った。

「救急搬送された福岡基彦さんの息子さんを連れてきました。どこに行ったら会えますか」

まさか亡くなりましたなんて言われないだろうと恐れながら訊いた。受付の女性はコンピュータの端末を操作して、

「いま手術中です。手術室の前でお待ちください」

そう言って、明の顔を慈愛のこもった目で見ながら手術室の場所を教えてくれた。

真志歩には、もうひとつ訊きたいことがあった。しかし、それは明の前でしたい質問ではなかった。

「先に行っていてください」

三人の背中を見送ってから、訊いた。

「あの、福岡基彦さんの奥さんの麻奈美さんの容体はどうですか」

「福岡麻奈美さん？」

「はい、基彦さんに少し遅れて救急車で運ばれてきたはずです」

「お待ちください」

受付係は端末のキーを叩いた。ずいぶんたくさん叩いてから顔をあげて真志歩を見た。

「福岡麻奈美さんにまちがいありませんか」

「ええ」

「その方にかんする情報はありませんね」

「え、そんなはずは」

「搬送が必要なかったか、それともほかの病院へ搬送されたか、どちらかだと思います」

「搬送が必要なかった……つまり亡くなった、と？」

「いえ、死亡した場合でも死亡診断書が必要ですから、搬送されてきます。救急車が到着するまでに症状が改善されたのかもしれないという意味です」

　麻奈美のあの様子からは、わずかな時間で来院が不要になるほど改善されたとは思えなかった。

「こちら以外の病院へ搬送されるということもあるのですか」

「ええ。救急ベッドがあいていなければ、筒中《つつなか》総合病院とか、十塚《とつか》記念病院とか、ほかにまわってもらうことは当然あります」

　受付の女性はもう一個、キーを叩いた。

「今日、当院はベッドがふさがってしまっているので、ほかに運ばれたんじゃないでしょうか」

「あ、そうなんですか」

　ありがとうございますと言って、真志歩は受付を離れた。

　渡り廊下を歩いて手術室へ行った。

　渡り廊下には両側に窓があって明るかったが、そこを抜けると不意に仄暗《ほのぐら》さがきわだった。天井のＬＥＤ電灯からは光が注いでいたが、なんとなく光量が不足しているように思えた。

　すぐ先に倉庫の搬入口を思わせるコンクリート色の大きな扉があった。そこはもちろん倉庫ではなく、手術室だ。扉の上に『手術中』という文字盤があって赤く点灯し、使用中であることを告げている。

手術室の前には無骨な扉には不似合いなクリーム色のソファがあって、美咲が座っていた。明や尾崎の姿はない。一人きりの美咲は床に視線を落とし、いくらか心細げに見えた。そしてその分、実年齢に近づいていた。

真志歩は、美咲の隣にそっと腰をおろした。

「明君や尾崎さんは？」

真志歩が小声で問いかけると、美咲は真志歩に目をむけた。

「ああ、図書室に行ったわ」

「図書室？」

「ええ。この病院には入院患者のためにちょっとした図書室があるの。同じ建物内だから、呼べばすぐに来られるわ」

真志歩は、明がたくさんの本を前にしている図を思い浮かべた。入院患者むけの図書室であっても、こんな仄暗い倉庫のような場所よりはずっと居心地がいいだろう。

「こんなところで、いつ終わるとも知れない手術を待っているのはかわいそうですものね」

「明のためもあるけれど、尾崎さんもここにいるのは嫌なのよ」

美咲は意外なことを言う。

「尾崎さんが？」

「ただの脳天気なおじさんに見えるでしょうけれど、あれで案外悲しい過去をもっているのよ」

「そうなんですか」

真志歩には、尾崎の悲しい過去など想像もつかない。

「中学校の一年生の時とか言っていた。一緒に歩いていたお兄さんが車に撥《は》ねられたんですって。救急車で病院に運ばれて手術をしている間、尾崎さん一人で手術室の前にいたそうよ」

「ご両親はいなかったんですか」

「お父さんはゴルフへ、お母さんはお茶会へ」

「でも、すぐに駆けつけられなかったんですか」

「いまみたいに携帯電話のない時代だから、連絡がつかなかったんですって」

「ああ、そうなんですね」

真志歩も今日、スマホを電池切れにしたために、美咲と連絡をとるのにわざわざ長時間バスに揺られなければならなかったのだ。

「それで、お兄さんはどうなったんですか」

「手術の甲斐《かい》なく亡くなったそうよ」

そういえば、尾崎は天涯孤独の身の上だと言っていた。

「六歳年上で、とても出来のいいお兄さんで、東大に一発で合格して、両親の期待を一身に集めていたんですって。だから、両親の落胆はすごいものがあったそうよ。たった一人残った息子を大事にするんじゃなくて、逆に邪険にあつかうようになったとか。なんで宗二郎ではなく宗一《そういち》が死ななきゃならなかったんだ、両親がそういう会話をしているのを耳にはさんだと言っていたわ」

「ひどい」

美咲はうなずいた。

「グレそうになったけれど、グレずにすんだのはうちの両親のおかげだと言っていた。一時は毎日のように華麗屋へ来ていたそうよ」

尾崎は、三十年前の出来事を清算できたのだろうか。尾崎の胸に開いたはずの傷はすっかりふさがって、いまでは跡も残っていないのだろうか。

いや、傷が残っていないのなら、おそらく明を連れて図書室へ行ったりはしなかっただろう。

「人って、誰でも心に傷をもっているものなんですね」

思わずつぶやいてから、真志歩は赤くなった。あまりに月並みなことを言ってしまった。

しかし、美咲は軽く受け流すのではなく、

「佐藤さんはどんな傷をもっているの」

切り込んできた。真志歩は、狼狽《うろた》えるよりも面食らった。この場でそんなことを訊いてくるのか。

「去年、佐藤さんがはじめて店に入ってきた時、なんて言えばいいのかしら、少女マンガの背景で言えば、黒いバックを背負っているみたいだった」

なにも言えなくて、真志歩は美咲の手を見つめていた。マニキュアをとった指は、洗い物や調理のせいで、顔には不似合いな主婦めいた頑丈さが目立つ。

「私の作ったカレーをまずそうに食べているのを見るうちに、ほっとけない気分にさせられた」

「だから、バイトに誘ったんですか」

勤めはじめてすぐに分かったことだが、アルバイトが必要なほど華麗屋は忙しくない。

「尾崎さんや明君にくらべたら、私の傷なんてほんの些細《ささい》なものです」

「そう?」

そうだ。実に些細なことだ。母親のファザーコンプレックスのせいで好きな人を諦めなければならないことくらい、傷とも言えないだろう。だけど……。

「言っていなかったんですけど」と、真志歩は話を変えた。「基彦さんの妻の麻奈美さんも、意識不明状態で発見されたんです」

美咲は、ぱちりと一回まばたきした。話題の変化に対応するために脳の回路を切り替える動作のようだった。

「やはり、金鎚で殴られていたの？」

「それが、麻奈美さんについてはどんな様子だったのかよく分からないんです。麻奈美さんのお母さんが抱きかかえていて、顔も見えなかったし」

美咲は拳を口もとに当てた。

「もし基彦さんと同様だったとしたら、事件かもしれないわね」

真志歩はぷるりと体を震わせた。

「私、二人を見つけた時、ひどい想像をしてしまいました」

美咲は、真志歩の頭の中を透視するかのようにすっと目を細めて真志歩を見た。それから、小さく首を横にふった。

「私もそれを考えないわけではないけれど、でも、ちがうと思うわ」

「そうでしょうか」

「それ」の意味を訊《たず》ねもせず、真志歩は少しほっとしながら言った。

「そうよ。だって、河原に恵璃子のバッグが落ちていて、財布の中身が抜かれていたんでしょう。恵璃子はべつな災難に遭っている可能性がある」

「でも、災難と見せかけて、逃亡したのかもしれない。あるいは、福岡家でなにかを起こしたあとに災難に遭ったのかもしれない」

美咲は淡く苦笑した。

「あなたって、見かけによらず辛口ね」

「見かけによりませんか」

「ええ」

自分が辛口になったのは、母親のせいかもしれない。なにしろ、祖父の再婚以来、紀久子母子の悪口ばかり聞かされている。

いや、なんでも母親のせいにするのはよそう。真志歩自身、人が悪いのだろう。

「ところで、麻奈美さんのほうはどうなったのかしら」

「同じく救急車で運ばれたはずで、てっきりここにいると思っていたんですが、受付で調べてもらったら、この病院には来ていないそうです」

「満床で、ほかの病院へ搬送されたということかな」

姉が病院に勤めているだけあって、さすがに美咲は病院の事情をよく飲み込んでいる。

「どこの病院にいるか、調べる手段はないんでしょうか」

「そうね。麗香が出てきたら、訊いてみなくちゃ」

真志歩は『手術中』の文字を見上げた。赤いランプは点灯したままだ。人が出入りするということもない。

　三十分後、やっと倉庫の搬入口のような扉が開いた。看護師を先頭に、車付き寝台《ストレッチャー》が出てきた。点滴のスタンドを持った看護師がストレッチャーの後方にいる。そして、その奥に緑色の手術着を着た麗香が見えた。

　美咲と真志歩は、同時にソファから立ち上がった。麗香がこちらを見た。

　ストレッチャーは通路の奥のほうへ運ばれていき、麗香はその場に残った。マスクをはずし、大きく息を吐いた。

「美咲も来たの」

「助かったのよね？」

　美咲は言った。真志歩の耳にいくぶん喧嘩腰に響いた。

「まだ分からない。傷は四カ所あって、そのうちの一カ所しか重傷ではないんだけれど、あの状態になってからかなり時間が経っていたらしくて、衰弱が激しくてね。体力がもつかどうか。とりあえず頭の中にできていた血腫を除去して、様子見」

「麗香が執刀したの」

「いいえ。私は助手。休暇中の黒下《くろした》先生をどうにか呼び出すことができたわ」

「黒下先生って、上手？」

「もちろん」

麗香は煙が目にしみたような顔をしてから、美咲にではなく真志歩にむかって言った。

「明は？」

「あ、図書室に」

「そう。会わせておいたほうがいいわね。私、着替えたら図書室へ行くから、あなたたちも行っていて」

麗香は手術室に戻っていった。

12

吾川市立病院の図書室は、真志歩が想像していたよりもずっと充実していた。童話、マンガ、児童文学、学習もの、小説、新書がそれぞれ数十冊単位であり、明はその中から子供用に書かれた宇宙にかんする本を選んで熱心に読んでいた。尾崎は、マンガをぱらぱらとめくっていた。あまり面白そうでないのは、比較的新しいマンガだからか。

尾崎と明のほかには、スエットスーツ姿の二十歳くらいの青年がいるきりだった。彼はミステリ小説を読んでいたが、明らかに暇つぶしと分かる気のない顔つきだった。顔色もよく体格も悪くなかったが、正月でも病院にいなければならないのだから、病人であることはまちがいない。とはいえ、美咲が入っていくと、目に若者らしい感嘆をあらわにしたけれど。

「どう?」

尾崎がマンガから顔をあげて問いかけたのに返事をせず、美咲は明の本を覗きこんだ。

「宇宙に興味があるんだね」

「宇宙の果てがどうなっているのか知りたいんだ」

明は、本に目をむけたまま言った。

美咲も真志歩も尾崎も、同時に叫んだ。

「えっ」

明は顔をあげ、大人たちを順繰りに見回した。なぜそんな声を出すのかさっぱり分からない、そんな表情だった。

「明、耳が、聞こえるのか」

尾崎が訊いた。明は当然だというように答えた。

「うん、聞こえるよ」

「いままで聞こえないふりをしていたのか」

「そんなこと、していない」

唇を少し尖らせて、いささか気を悪くした面持ちだ。

「じゃあなぜ」

と美咲がつぶやき、真志歩はいままで何度か感じたことを口にした。

「たまに聞こえている気配はあったんですよ」

「そういえば、ファンタスティコのフロント係は、耳が悪いと言ったら驚いていたな」

聞こえないと思って交わしていた会話を、明はどこまで聞いていたのだろう。ずいぶん心に辛いこともしゃべっていたはずだ。幸い、麻奈美がこの病院にいるかもしれないということは明の前で言わなかったな、と真志歩は胸を撫で下ろした。しかし、思い出せるのはその程度である。

美咲も尾崎も自分の発言をふりかえっているのか、黙りこんだ。明は大人たちの困惑を敏感に感じとったらしく、居心地が悪そうだった。読んでいた本を椅子に置き、本棚の前に行って視線を彷徨《さまよ》わせている。

気詰まりになったのか、青年が部屋を出ていった。入れ違いのように、白衣に着替えた麗香が入ってきた。手にノートを持っている。まっすぐに明にむかっていこうとするのを、尾崎がとめた。

「ああ、もう筆談は必要ないよ」

「お父さんのこと、話してくれたの？」

「いや、そうじゃなくて」

尾崎が説明をするより早く、明が麗香をふりかえった。

「お父さん、パパのこと？　パパがどうかしたの」

麗香は、明の顔をつくづくと眺めた。目の前にいるのが明のそっくりさんで、顔のどこかに明ではない証拠を見つけようとしているかのようだった。

「まあ、いいわ。そのほうがてっとり早い」

と、麗香はつぶやいた。腰をかがめて明と同じ目の位置になって言った。

「よく聞いてね。パパが頭にひどい怪我をしたの。手術をしたけれど、治るかどうかまだ分からないの。だから、パパをお見舞いしてあげてほしいの。いいかしら？」

聞くうちに、明の両眼に涙が盛りあがってきた。

「パパ、死ぬの？」

「そうとはかぎらない」

しばらく明は黙っていた。麗香も黙っていた。とうとう明の目から涙の粒がころがり落ちた。真志歩も視界が涙でぼやけた。明はしかし、一滴の涙を流しただけで決意した。

「連れていって、パパのところへ」

麗香はうなずき、明の手をとって図書室を出ていった。真志歩たちもあとに続いた。

麗香は途中で三人をふりかえって言った。

「あ、集中治療室に入れるのは明君だけだからね」

「分かっているわよ」

美咲が仏頂面で応じた。

集中治療室の扉も倉庫の扉に似ていた。ただ、こちらの扉の前にはソファは置かれていなかった。真志歩たち三人はその扉の前に立って、明を見送った。

明が中に入ると、真志歩は扉のむこうは倉庫というよりも、なにか巨大な動物の胃の中なんじゃないかと思えてきた。明は胃液に溶かされて、このまま出てこないのではないだろうか。

しかし、明は中に入ったと思ったら、すぐに出てきた。麗香も一緒だった。

明の顔色は蒼白《そうはく》になっていた。麗香の手を手の甲が白くなるほど強く握りしめている。

「レストランでなにか飲もうか。クリームソーダかなにか」

尾崎が明に言った。明はうんともすんとも言わなかった。それでも、尾崎は先頭に立って歩き出した。美咲や、明と手をつないだままの麗香も、尾崎のあとをついていった。それで真志歩も、なんの主体性ももたずあとに続いた。

病院のレストランは図書室のすぐそばにあった。図書室同様、すいていた。南側が一面ガラス戸で、そのむこうはちょっとした庭園になっている。庭園といっても季節がら殺風景な状態だが、椿《つばき》の木が一本だけあって、それがピンク色の花をつけていた。その花が見える位置に、五人は座った。明のためにクリームソーダ、尾崎と真志歩はコーヒー、美咲は紅茶、そして麗香はハンバーグ定食を注文した。

「これが今日はじめての食事」

麗香は言い訳するように言った。

「体に悪いよ」

尾崎が親身な調子で言い、麗香はぼそりと答えた。

「暇がなかったんですもの」

「今日はもう帰れるの」

「まさか。私は福岡さんの担当医よ。しばらく様子を見守らなければ」

「病院に住みつくつもりなんじゃないの」

美咲が口をはさんだ。言い方に刺《とげ》がある。しかし、麗香はその刺で舌を刺すこともなく、真志歩に話をふった。

「もしかしたら、警察に事情聴取されるかもしれないわよ」

「私がですか」

「ええ。黒下先生がこの件は警察に届けなければならないと言っていたから、刑事が来るかもしれない」

「私よりも麻奈美さんのお母さんのほうが事情を説明できると思うんですが」

麻奈美さん、という部分で、明の肩が大きく跳ねた。

「マミーさん、来る?」

大きな瞳いっぱいに恐怖が墨を流したように広がっている。ああ、この子は麻奈美に虐待されつづけていたのだ、と真志歩はあらためて確信した。急いで首をふる。

「ううん。マミーさんはほかの病院にいるから大丈夫」

「本当?」

「本当よ」

しかし、明の瞳は簡単には晴れなかった。

「そういえば、どこの病院へ運ばれたのかしら」美咲は普通の口調になって麗香に言った。「麗香、調べられる?」

「なんのこと?」

考えてみれば、麗香が知っているのは、患者が明の父親だということだけだ。真志歩は言葉に気をつけながら説明した。

「ホテルに残された恵璃子さんの荷物で、明君の実家の住所が分かったんです。それで、今日、私一人でそこへ行ってみたんです。そうしたら、あの、基彦さんの奥さんのお母さんが来ていて、昨日来るはずだった一家が来ない、電話にも出ないので不安になって見に来た、というんですね。ルカちゃんの容体を心配してもいました」

明が「ルカちゃん」に反応するかなと思ったが、明は身じろぎひとつしなかった。相変わらず暗い目つきだ。

「ルカちゃんって、誰。病気なの？」

麗香が話の先をうながした。

「明君の多分、弟です。病気みたいです。それで、玄関のドアには鍵がかかっていたんですが、裏口が施錠されていなくて、そこから基彦さんの奥さんのお母さんと中に入ったんです。そうしたら、基彦さんの奥さんが、子供部屋で人事不省になっていたんです」

「やはり殴られて？」

「いえ、それはどうか分かりません。奥さんのお母さんの体で、はっきり見えなかったので。お母さんが救急車を呼んでと言ったので、救急車を呼んで。それから基彦さんの所在を捜すために電話したら、二階から呼び出し音が聞こえてきたんです。それで、二階に行ってみたら、基彦さんを見つけたというわけです。だからもう一台救急車を呼んだんですが、基彦さんのほうが危険だということで、先に救急車に乗せられたんです。で、二台目はこの病院に来なかったみたいで」

「なるほど、そういうこと」

「奥さんが搬送された病院、分かります？」

「分かると思うけれど、そちらはそちらで警察へ連絡が行っているかもしれないわね」

麗香は、明にちらりと目線を当てた。麻奈美の所在を調べるのは気乗り薄のようだ。

「警察はどうでも、やはり家族ばらばらだと不便じゃないですか。私たち、一家のことをなにも知らないし」

「まあ、そうね」

注文の品が運ばれてきた。

「じゃ、これを食べてから」

麗香は、ハンバーグにナイフを入れながら言った。

「ほら、明君もどうぞ」

美咲がクリームソーダを明の前に押しやった。明はソーダを上目遣いで見たが、スプーンを手にしようとはしなかった。

「基彦さんとの対面はどうだったんですか」

真志歩は訊いた。麗香は定食をせっせと食べながら答えた。

「ベッドサイドへ行くとすぐに、パパって、とてもか細い声で呼びかけたわ。基彦さんは昏睡《こんすい》している状態だから、まあ、なんの反応もなかったけれど。手を握ってごらんと言ったら、握って、でもすぐに離した。冷たいって、怯えたように。頭が腫れないように体を冷やしているからだよって教えたら、少し安心したみたいで、じゃあ、生きているんだね、って。死ぬと人の体がどうなるか分かっているみたいね」

「明は賢いから」

と、尾崎が言った。自分の息子を自慢するような口調だった。

「明君、パパのことが好きなのよね？」

真志歩は明に言った。明は返事をしなかった。黙ってクリームソーダを見つめている。

「飲まないとお兄さんが飲んじゃうよ」

尾崎が言ったが、明はこれにも無反応だった。

尾崎は美咲に目配せした。美咲は静かに立ち上がり、明の背後にまわった。思いきり大きな声で「わっ」と叫ぶ。明はふりむきもしなかった。

麗香が呆気にとられたようにフォークを使う手をとめた。

「聞こえなくなった？」

「どうもそうみたいね」

美咲は自分の席に戻った。

尾崎は自分の鞄《かばん》からノートを出して、『クリームソーダきらいなの？』と書いた。

「冷たいの、いらない」

明は言った。涙がうっすらと暗い瞳をおおった。

『そうか。じゃあ、お兄さんが飲んじゃうよ。明はホットミルクがいいかな？』

明はかすかにうなずいた。尾崎はソーダを自分の前にひきとり、ホットミルクを注文し直した。

「こんなことってあるのかしら」

麗香がつぶやいた。その茫然とした様子は、素晴らしいマジックショーを観たあとの人のようにも、卑劣な事故を目撃した人のようにも見えた。

「どういう症状なの」

美咲が訊いた。

「私に訊かないで。医者だからって、なんでも分かるわけじゃないわ。聴覚に異常はないらしい。でも、なにかのきっかけでまったく聞こえなくなるらしい。そんな事例は聞いたことがないわ」

「でも、ほら」と、尾崎が言った。「人間って、パーティの会場なんかですごく五月蠅《うるさ》くても、自分の名前が聞き取れたりするだろう。耳は選択的に音を拾ったり排除したりできるんだよ」

「そういえば」と、真志歩も言った。「耳が悪いと思われているお年よりが自分の悪口にだけは敏感に反応するなんてこと、よく言いますよね」

「それは事実だけれど、だからといって、すべての音が聞こえなくなるなんて」

「すべての音が聞こえないわけではなく、脳の中ですべてが雑音として処理されているのかもしれない」

美咲はひらひらと手をふった。

「そんなの、考えていても分からないわ。今度、明の脳をＭＲＩでとって調べてみればいいじゃないの」

「ええ、そうするわ。きっといい研究テーマになる、私の研究じゃないけれど」

麗香は、またフォークとナイフを動かしはじめた。

「聞こえなくなったきっかけは」と、真志歩は自分の考えを口にした。「麻奈美さんだったんじゃないでしょうか。麻奈美さんについてなにか情報が入ってくると思った途端に、明君は心を閉ざしてしまったんじゃないでしょうか」

「明は麻奈美によほどひどい目に遭わされたんだわね」

「私たちにむかって開きかけた心が閉じてしまったということなのかな」

「もう二度と開いてくれない？」

女性三人は明を見た。明は、運ばれたホットミルクのカップを両方の手で抱えていた。ホットミルクが飲み物ではなく指先を温める道具だと理解しているかのように。

尾崎一人だけが湿った空気に浸《つ》からなかった。あっけらかんと言った。

「でもまあ、また明を気にせず、おおっぴらにいろんな話ができる」

「いろんな話！」

と、美咲が唇を歪めた。

「誰が基彦を殴ったのか、とか、恵璃子がどこに行ってしまったのか、とか」

「佐藤さんは、恵璃子が殴打事件にからんでいるんじゃないかと疑っていたわね」

美咲は真志歩に話をふった。

「恵璃子さんが失踪した日と微妙に重なっているので」

言っているうちに、真志歩の脳裏にひとつの可能性が閃いた。

「もしかしたら、恵璃子さんは病院にいるのかもしれませんね」

「え、どういうこと？」

麗香がナプキンで口もとを拭きながら訊いた。ほとんど噛まずに飲み込んだのではないかという早さで定食を食べ終わっている。

「明君が言っていたんですけれど、恵璃子さんは血を吐いたことがあるそうです。福岡家へ行く途中でまた吐血して倒れたのかもしれません。それで、救急車で運ばれたのでは？　救急車が市立病院にだけ来るのではないと分かって、思いついたんですが」

「ほかの病院に入院しているということか」

「そして、恵璃子も危篤に陥っているのかもしれない？」

三人は一斉に麗香を見た。麗香はたじろいだようだった。椅子の中で背中を後ろにひいた。

「そんなに簡単にいかないわよ。病院同士といったって、科がちがうと親しく話せる人間がいるとはかぎらないし、ましてうち以外の救急指定は私立だし、個人情報保護法もあるし」

それでも、三人の視線は麗香にむけられたままだ。

麗香は、荷物を押し戻すように両手を動かした。

「分かった、分かった。恵璃子のほうも調べてみるわ」

「うん。できるかぎり早くね」

「じゃ、私は行くわ」と、麗香は言った。「ここと図書室なら携帯をオンにしておいてもいいから、しばらくどちらかにいてね」

麗香は立ち上がってから、「あ、そうそう」と真志歩を見た。

「警察が来たら、あなたのことを話してもいいかしら、基彦さんの発見者だと」

「ええ、いいですけれど」

「刑事がアパートへ行くかもしれないわよ」

それは嬉しくない。しかし、必要なことなら、仕方がない。真志歩はうなずいた。麗香はにっこり笑って、戸口にむかって歩き出した。

「麗香」と、美咲が呼びかけた。「今後のことで相談しなきゃならないことがあるのよ、たくさん」

麗香は美咲をふりかえりもせず、左右に手をふった。あとで、という意味なのか、よしてよ、という意味なのか。そのままレストランを出ていった。

「あいつ、逃げてばかり」

美咲は唇を嚙んだ。

「茶毘《だび》に付すのかな」

尾崎が下からすくいあげる目で美咲を見た。

「手の骨だけを?」

美咲は露骨に怨ずる表情になった。

「それに、話し合わなければならないのは、そのことだけじゃないわ」

そのこと以外になにがあるのか、真志歩には察することができなかった。ただ、あちらにもこちらにも問題が山積していることだけは分かった。

そして、我が家にだって……真志歩は、ポシェット越しにスマホに触れた。スマホには今日もまた、母親が数えきれないほどの電話を入れているにちがいなかった。

13

吾川市立病院のレストランを出ると、真志歩たちはふたたび図書室へ行った。

明は子羊のようにおとなしくなってしまって、積極的に自分から本を捜そうともせず、椅子にちんまりと座っていた。真志歩は、前回明が読んでいた宇宙にかんする本を見つけて明にわたした。その瞬間だけ、明はちかりと瞳に光をともした。本にかがみこむようにして読みはじめた。

「なんとかして正常な聴覚にしてあげなくちゃね」

美咲が言ったので、真志歩も言った。

「恵璃子さんに会えば、もとに戻るかもしれませんね。早く恵璃子さんが見つかるといいけれど」

「しかし、吐血して救急搬送されたとしてもだよ、もう二日も経つんだ。よほどの状態じゃないかぎり、明になんらかの連絡をとろうとするんじゃないの」

尾崎が水をさすようなことを言う。美咲がつんと顎を上向かせて反論する。

「もしかしたら、必死で捜しているかもしれないわよ。まさかうちにいるとは思わないでしょうから、警察に捜索願いを出しているとか」

「動きまわれるようになったら、真っ先に華麗屋を訪ねてくるんじゃないかな。こうこういう子を見かけなかったか、って」

「まだ充分に動けないのかもしれません」

「それって、一体なんの病気を想定しているの？」

医学に素人の真志歩に分かるわけがない。

「どんな病気があるか、あとで麗香さんに訊いてみます」

「だね」

一時間ほど図書室にいて、夕食を食べなければ、と尾崎が言い出し、またレストランへ行った。

ちょうど全員が食事を終えたところで、テーブルに置いた美咲のスマホが鳴った。

「麗香だ」

美咲は間髪をいれず画面をタップした。

「はい、どうした」

真志歩は麻奈美か恵璃子の入院先が分かったのかと思ったが、ちがった。

「ええ、まだここにいるわよ。分かった」

美咲は電話を切ると、真志歩に言った。

「刑事が来ているって。待合室にいるから、行ってちょうだいってよ」

真志歩は、いま食べたコロッケ定食が胃の中で石のように固まる気がした。しかし、まあ、アパートに来られるよりもよかったかもしれない。

「美咲さん、ついてきてくれますか」

「もちろん」

尾崎が自分の胸を指でつついた。俺は?

「明君を刑事の前に出すのはかわいそうじゃないですか」

真志歩が言うと、尾崎は首をふった。

「もしかしたら、明を刑事に会わせたほうがいいかもしれないよ」

「どうして」

「なんとなく。根拠はありませーん」

と、尾崎は陽気に両手を広げた。親に冷遇されて育っても、白色灯みたいに明るくなれるのだ。明も四十歳に達した時、過去を乗り越えているだろうか。乗り越えていてほしい、と真志歩は思った。

四人でぞろぞろと待合室へ行った。

待合室で待っていたのも四人だった。一人は麗香で、もう一人の白衣は基彦の手術をした黒下だろう。麗香と黒下に対面して立っている後ろ姿の二人が刑事ということになる。テレビドラマのように刑事が二人連れだったので、真志歩は感心した。ドラマも満更適当なことばかり描いているわけじゃないんだ。

麗香が真志歩たちを見つけて軽く手をふった。その動きで、刑事たちがこちらをふりかえる。

一人は、頭部の毛がだいぶ後退した中年男性だ。仏頂面なのは、正月に仕事をしなければならないせいだろうか。

もう一人は、真志歩とあまり年齢のちがわなそうな男性だった。美咲にたいしてではなく、真志歩にたいして瞳孔を大きくした。若い男性にしては珍しいことだ。もしかしたら、真志歩を証言者と見通したのかもしれない。仕事熱心ということだろうか。そういえば、中年刑事とちがって表情が生き生きしている。少しだけ裕貴に似ているかもしれない。眼差しのやさしさとか、口もとのやわらかさとか。

「彼女が福岡基彦さんを発見して救急車を呼んだ佐藤真志歩さんです」

麗香が真志歩を刑事たちに紹介した。刑事たちは警察手帳を見せ（中年が杉浦《すぎうら》、若いほうが瀬戸《せと》という名前だった）、杉浦が口火を切った。

「福岡さんを発見した時の様子を聞かせてください」

真志歩は、麻奈美が子供部屋で倒れていたことからはじめた。そこでもう、刑事たちはひっかかった。

「やはり殴られて？」

「いえ、麻奈美さんのお母さんが介抱していたので、私はまったく彼女の状態は分かりません」

「その女性はここに運ばれているんですか」

麗香に訊く。

「いえ。うちが満床だったので、ほかへ運ばれたようです」

「どこへ」

「分かりません。おそらく筒中総合病院か十塚記念病院あたりに」

「ちょっと調べて」

と杉浦が命じる前に、瀬戸は離れていきながら電話をはじめていた。

杉浦は真志歩への聴取に戻った。

「ところで、福岡さんの家族とはどういう関係ですか」

「ええと、なんの関係もありません」

「関係ない？」

そばに立っていた尾崎が口を出した。

「福岡さんはこの子の親です」明を前にさしだし、彼の両腕を励ますようにさすりながら言った。「話せばとても長くなります。この子は親に虐待されていて、伯母さんと暮らしていたのですが、その伯母さんも一日から行方不明になっています」

杉浦は、せいぜい二桁のかけ算を解くテストのつもりだったのが高次元の因数分解を解くように命じられた人のような表情をした。後退した頭を撫でた。

「ちょっと座って話しましょうか」

杉浦は待合室のベンチを指さした。黒下だけ、じゃあ、僕は、と言って去っていった。

真志歩たちが明を華麗屋で預かることになった経緯を説明し終わったところへ、瀬戸が戻ってきた。

「福岡麻奈美は筒中にいました。怪我ではなく、催眠剤の服用で昏睡に陥ったとのことです。まあ、いまの催眠剤では死にませんから、点滴などといった手当てをして、意識を回復したそうです。ただ、精神状態が悪いので、今夜は病院に一泊させるということです」

「自殺しようとしたのか」

「そうかもしれません」

瀬戸は手帳に目を落とした。

「それでですね、筒中にはもう一人福岡家から救急搬送されていまして、死亡が確認されています」

「え」

真志歩は思わず声を漏らした。まさか、恵璃子がどこからか見つかった?

「それは誰なんだ」

杉浦は唸るように訊いた。

「福岡るか、字は王に留まるの瑠、日にちの日で瑠日、六歳です。以前から筒中の患者だったとのことです。自発的な呼吸ができなくて、ベンチレーターというものを使っていたそうです」

　真志歩は、反射的に明の顔を見た。明は肩をすぼめて心細そうな様子をしていた。しかし、表情に変化はなかった。聴覚が戻ってきているということはないようだ。ここでは、よかったと言うべきだろうか。

「その子が亡くなった？　病気が悪化してか、それとも誰かになにかされたのか？」

　瀬戸に問いかけながら、杉浦は横目で明を見た。明が虐待されていたなら、瑠日も虐待されていた可能性が大いにある。そう疑っているにちがいない。麻奈美は自分の子まで虐待していたのだろうか。

「医者は」と、瀬戸は報告を続けた。「解剖してみないと分からないと言っていました。ただ、保護者の許可を得られる状況にはないので、解剖は見合わせているということです。あと、祖母が解剖は絶対反対だと言っているそうです。ま、彼女は保護者ではないから決定権はありませんが、母親が祖母に同調する可能性はありますね」

「祖母がいるのか」

「ええ、麻奈美に付き添っているそうです。葬儀屋の手配などを病院側に尋ねていたそうですから、放っておくと葬儀場に運んでしまうかもしれませんね」

　杉浦は大きな溜め息をついた。

「保護者の許可はいらない。不審死だ。徹底的に解剖してもらおう。筒中に伝えてくれ」

「ああ、はい。ただ病院が平常に機能をはじめる五日にならなければ、解剖はできないということでした」

「五日でもかまわない。とにかく、その子を焼かれちゃまずい」

「分かりました」

瀬戸は、電話をするためにまたこの場を離れようとした。

「あ、待て」杉浦はとめた。「直接、筒中に行ってくれ。それで、祖母に福岡家の家庭について訊いてほしい」

瀬戸の頬がかすかに紅潮した。

「承知しました」

瀬戸は飛ぶように病院を出ていった。

「きっとはじめて一人で事情聴取をするんだぜ」

尾崎が美咲にささやくのが、真志歩の耳にも入った。刑事という仕事に生き甲斐を感じているのだろうな。真志歩は少し瀬戸が羨ましかった。

「さて、と」

杉浦は、真志歩の事情聴取を再開した。真志歩だけでなく、尾崎も美咲も麗香も口を出した。最後には杉浦は、駅前交番勤務の警察官がひどく杜撰《ずさん》な仕事ぶりで恵璃子の失踪を看過したことまで知ることになった。

「五味恵璃子を必ず見つけてください」

美咲が念を押すのに、杉浦はまぶしがっているような目つきをして言った。

「言われなくてもしますよ、お嬢さん。重要参考人の一人だからね」

「重要参考人？」

尾崎が聞きとがめた。

「まさか、五味恵璃子がやったと思っているんじゃないでしょうね。基彦を殴ったのも、瑠日を殺したのも、麻奈美に決まっている。子供を虐待するような人間ですからね」

杉浦は、尾崎の頭の上から立ちのぼっている怒りの湯気を冷まそうとするような手つきをしながら否定した。

「重要参考人といっても、犯人ばかりではありませんよ。証言をしてもらうのに重要な参考人ということもあります。まあ、なにしろ、私らはなんの予断ももたずに捜査をしますからね。五味恵璃子にたいしても、福岡麻奈美にたいしても」

福岡麻奈美にたいしても、か。

最後に杉浦は「また話を聞かせてもらうかもしれません」と言い残して去っていった。

真志歩は腕時計を見た。八時になろうとしていた。

「帰る？」

麗香が目敏《めざと》く訊いた。

「いえ。病院の面会時間って、何時までかなと思って」

「ＩＣＵにいる患者の親族は、とりあえずずっといられるわよ」

「そうじゃなくて、筒中へ行って麻奈美さんのお母さんとお話がしたいと思ったんです」

「お、いいね」

尾崎が言った。行く気満々といった顔つきだ。

「うちの面会時間は八時までよ。筒中も同じだと思うわ。とはいえ」

「とはいえ？」

「瑠日ちゃんという子が亡くなっているわけだから、福岡家の親族だと守衛さんに言えば入れてもらえるでしょうね」

「行こうぜ、マッシー」

尾崎は手にしていたコートを着ながら、もう外へ出ていくかまえだ。

「あなたはどうする？」

麗香が美咲にむかって訊いた。

「私は残るわよ、明と一緒に」

美咲は怒ったように答えた。

「そう、じゃあ、明をたのむわね。私はそろそろ病棟に戻らなきゃ」

麗香は明にむかってあとでねと言うように手をふって、足早に待合室を出ていった。逃げ出したように見える。実際、逃げたのだろう。美咲と二人きりになったら向かい合わなければならなくなる現実から。医者であっても、男性的な美人であっても、人間なわけだ。真志歩は妙な感慨を抱きながら、尾崎とともに筒中総合病院へむかった。

14

真志歩と尾崎が筒中総合病院についた時には、外来の正面玄関は照明が落とされ、自動ドアもあかなくなっていた。しかし、夜間出入り口にまわって福岡瑠日の名前を口にすると、麗香の入れ知恵通り、中に入ることができた。

守衛に教えられたのは、内科病棟の212号室だった。その近くまで行くと、廊下にふたつの人影があった。麻奈美の母親と瀬戸だ。

瀬戸がいち早く真志歩と尾崎に気づき、珍奇な動物を目撃したという表情になった。

真志歩はまずい、と思ったが、尾崎は口笛でも吹きそうな態度で二人に近づいていった。

「いやあ、まだ終わっていなかったんですか」

「なんですか、あなたは」

と言ったのは、瀬戸ではなく麻奈美の母親だ。母親は真志歩に視線を移して、目を細めた。

「あなたは確か」

「はい、基彦さんの救急車に同乗しました。基彦さんのご様子を伝えたくて」

「ああ、ありがとうございます」

母親の顔に明かりがともった。それまで暗闇に閉ざされた表情をしていたのだと、真志歩は知った。母親は真志歩の両手をとらんばかりにして言った。

「麻奈美と親しいあなたなら、証言してくれますよね。麻奈美は暴力をふるうような、そんな女じゃないって」

真志歩は母親と瀬戸を交互に見た。瀬戸は興味津々といった面持ちで真志歩の視線を受けとめた。瀬戸は真志歩が通りすがりの人間でしかないと知ってしまっているのだから、麻奈美の母親に嘘を話すわけにはいかない。

「あの、すみません。私、明君の背中にたくさんの傷跡があるのを見てしまったんです。だから……」

麻奈美の母親は軽くのけぞった。

「あなた、それを麻奈美がやったとおっしゃるんですか」

「麻奈美さんがやらなければ誰がやったと言うんです」

「そりゃ、基彦さんに決まっています」

即答だ。

「でも、明君は基彦さんにたいしては愛情を抱いているようですが、麻奈美さんの名前を出すと聴覚を鎖《とざ》してしまいます」

母親は息を飲んだ。時間がとまったかのように息もせずまばたきもせず、真志歩を見つめていた。このまま窒息するのではないかと案じはじめたころ、母親は大きく息を吸って口を開いた。それからは速射砲のようになって、言葉を次々と撃ち出した。

「あの子はそういう子なんですよ。自分に都合が悪くなると、耳が聞こえないふりをする。瑠日が病気になったのだって、あの子のせい。あの子が瑠日の足を折ったのをきっかけに、瑠日の病気がはじまったのよ。明は瑠日がベビーベッドからおりたがっていたから、おろしてあげようとしてまちがって落としたんだと言い訳したけれど、本当のところは、ベッドから放り出そうとしたんじゃないかと私は疑っているんです。瑠日が生まれてから、親の関心が全部瑠日に集まって明へのケアが手薄になったものだから、瑠日にたいする憎しみが芽生えたんだわ。明からなるべく瑠日を遠ざけておこうとしているんだけれど、明は隙を見ては瑠日に近づこうとすると、麻奈美は困り果てていました。瑠日に近づかせないために、一回や二回明に手を上げたかもしれないけれど、背中にたくさんの傷跡が残るようなことはしていませんよ。麻奈美はどれほど明のやんちゃに耐えていたことか。それはやんちゃというより、もう暴力に等しかったんです」

真志歩は驚愕して、母親のおしゃべりを聞いていた。明が瑠日に怪我をさせた？　明は瑠日を憎んでいる？　そんなはずはない。明は、瑠日を好きかと訊ねたらうなずいていた。ましてや、明が暴力的だというのは信じがたい。あんなにおとなしい男の子は見たことがない。瑠日の足を骨折させたのが事実なら、まちがって落としたという言い訳は真実だろう。

「明が瑠日ちゃんの足を骨折させてから、瑠日ちゃんが病気になったというのは、どういうことです」

尾崎が、母親が息を継いだ隙に質問した。

母親は「あんたは誰」という目つきで尾崎を見、さらに瀬戸を一瞥《いちべつ》してから答えた。

「瑠日は、骨形成不全症という難病を患っているんですよ。ちょっとしたことで骨折するんです。うちの家系にも基彦さんの家系にも、そんな病気をもった者はいません。明が瑠日を骨折させたために、発病したにちがいないんです。だって、それまで瑠日は一度も骨折したことがなかったんだから」

「安井《やすい》さん、骨形成不全症というのは」と、瀬戸がはじめて口を開いた。「生まれつきの病気だと、ここの医者が説明してくれましたよ」

麻奈美の母親（安井というらしい）は、大胆にも刑事を睨みつけた。

「なにが病気の引き金かなんて、知られていることはほんの一握りしかないでしょう。インフルエンザはウイルスが起こすと言われているけれど、同じようにウイルスにさらされても、インフルエンザになる人もならない人もいる。ちがいますか。ちがわないでしょう。たった八カ月で骨折することさえなければ、瑠日の骨形成不全症も発症しなくてすんだんです。そうに決まっています」

「その後、瑠日ちゃんはしょっちゅう骨折するようになったんですか」

真志歩は訊いた。

「ええ。明がいた三年前には、三カ月に一回の割合で。明がわざと骨折させていたんだと、みんな信じているわ」

「明がいなくなってからは、骨折しなかったんですか」

尾崎の質問に、安井は悔しそうに口もとを歪めた。

「いいえ。明がいなくなったあとも二度ほど骨折しています。それで、病院で徹底的に検査をしてもらったら、はじめて病気だって分かったんです」

尾崎は、得心顔になってうなずいた。

「そうか。明を虐待したのは、瑠日ちゃんを骨折させたのが明だと信じ込んでいたせいなんですね」

安井は躊躇いを見せてから、尾崎ではなく瀬戸にむかってうなずいた。

「そうなんですよ。麻奈美が明をちょっと折檻《せっかん》したといっても、明が瑠日に怪我を負わすようなことをしたからだと思っていたせいです」

「つまり、明は濡《ぬ》れ衣《ぎぬ》を着せられていたということですね」

尾崎は追い打ちをかけていく。安井は一瞬たじろいでから、首をふった。

「ちがいますよ。明が瑠日と遊ぶたびに、瑠日は骨折したんです。だから、明がいる間の瑠日の骨折は、明のせいであることはまちがいなかったんです。そういうことがなければ、麻奈美が明に手をあげることは一度もなかったはずです。麻奈美は絶対に暴力的な人間じゃあありません。麻奈美が基彦さんに暴力をふるうなんていうことはありえません。外から来た人がやったにちがいないんです。そうだ」

と、安井は真志歩をふりかえった。

「玄関のドアはあかなかったけれど、裏口のドアには鍵がかかっていなかったわよね。で、私たちはそこから入ったのよね」

「ええ、そうですけれど」

真志歩がうなずくと、安井はまた瀬戸に顔をむけて言った。

「ね、誰でも侵入できる状態だったんです」

「誰でもって、泥棒かなにかですか。家の中は荒らされている感じでしたか」

瀬戸は真志歩に訊いた。真志歩は家の中の様子を思い浮かべ、そんなことはなかったと言いかけたが、それより早く安井が発言した。

「私、犯人に心当たりありますよ。ええ、ありますとも」

「それは誰です」

瀬戸は、とても静かに訊いた。重大な事実を明かされる直前の刑事の態度ではなかった。あるいは、安井のさっきからの思い込みの強い発言で、なんの期待ももっていないのかもしれない。

しかし、真志歩は緊張した。安井が口にする名前に想像がついた。

「五味恵璃子さんです」

と、安井は真志歩の想像通りの名前をあげた。

「基彦さんの前妻の姉です。三年前に明を引き取って一緒に暮らしていました。ところが、先月、急に明を親もとに戻したいと言ってきたんです。そう、彼女がやったにちがいありません」

安井は、そこに恵璃子がいるかのように人差し指をまっすぐに突き立てた。興奮して顔が真っ赤になっている。瀬戸は穏やかな、しかしよく見ると苦いチョコレートを口にしたような笑みを浮かべて訊いた。

「どうして明君を親もとに戻したがっていた人物が、その親に凶行を働いたんです？

返す相手がいなくなったら、困るんじゃないですか。それとも、福岡さんは明君を拒否したんですか」

「いいえ、拒否なんかしていませんよ。麻奈美は元来やさしい子ですからね。私に電話をよこして、引き取りたくないと愚痴ってはいたけれど……だって、最近瑠日の脊椎が変形して、呼吸器障害が出てきたんですよ。だから、瑠日だけで手いっぱいで、とても明の面倒まで見られないと思うのは当然でしょう。でも、麻奈美は、基彦さんと五味さんの間で決定したことだから仕方がないと、雄々しい覚悟をしていたんです」

「だったら、なぜ五味さんは福岡さんを殺そうとしなければならないんです」

「そんなことは分かりませんよ、私には。とにかく、年末に五味さんは明を連れてくることになっていたんです。私もしょうがないからお正月には一家四人でうちにいらっしゃいと言っていたんですけど」

安井は首を垂れ、

「年末、忙しくて麻奈美と連絡をとらなかった間になにがあったんだか」

独りごちた。

しばらく、廊下には沈黙が垂れこめた。おかげで、病棟内がまったくの無音でないことが分かった。どこからか小声やなにかを置いたり戸をあけしめするような音が聞こえていた。エレベーターが動く音もした。

瀬戸が思い出したように真志歩と尾崎を見た。

「あなたたちはなぜここに来たんです」

「基彦さんの容体を安井さんに伝えようと思って」

尾崎が答えた。瀬戸は薄く笑った。

「それは僕から説明すると思いませんでしたか」

尾崎も意味不明に薄く笑った。

「話すとしても、刑事さんは事件性とのからみででしょう。瑠日ちゃんのお父さんとしての基彦さん、麻奈美さんの夫としての基彦さんについてではないでしょう。基彦さんにもしものことがあったら、僕たちになにができるのか、なにをしてほしいのか、安井さんに訊いておかなければならないと思ったんですよ」

「もしものこと」

安井はつぶやいて、両手で耳を押さえた。ムンクの「叫び」みたいな表情になった。

安井にとっては、基彦の死は娘の夫の死以上の意味があるにちがいない。娘が夫を金鎚で殴ったのかもしれない、そう警察が疑っているのだ。もしも死亡したら、娘の嫌疑は傷害罪ではなく殺人罪になりかねない。

「私は麻奈美のそばから離れられません」

安井は、さっきの剣幕とは打って変わって弱々しく言った。

「麻奈美の精神状態がとても悪いし、瑠日のお葬式の準備もしなければなりません。とても基彦さんにまで手がまわりません」

「基彦さんの親族は？」

「ああ、そうね。そうだわ。すっかり忘れていたわ。もちろん、います、両親が。でも、長崎にいるから、すぐには来られないでしょう」

「連絡先を教えてもらえますか」

「あなたたちが連絡してくださるの？　それはご親切に。待ってください。スマホを持ってきますから」

安井は212号室へ入っていった。

真志歩の目がふと瀬戸の目と合った。瀬戸は真志歩に笑いかけた。手の焼ける妹にたいするような、あるいは校則を破った教え子にたいするような笑いだった。真志歩は当惑した。

「なんですか」

「好奇心が強すぎませんか」

「そんなことないです」

「じゃあ、お節介なだけなんだ」

お節介と言われれば、そうかもしれない。そもそものはじまりは、真志歩が華麗屋の前に立っていた明を店内に引き入れたことなのだから。しかし、それはいけないことなのだろうか。瀬戸は真志歩になにか立腹しているのだろうか。

「まあ、でも」と、瀬戸は言った。「おかげでいろいろと事情が分かりました。安井さんはひどく口が固くて……」

その時、叫び声が響いた。212号室からだ。

「誰か」

尾崎が212号室にダッシュした。瀬戸もすぐに続いた。真志歩は、212号室に一番近い場所にいた。真っ先に212号室のドアに飛びついて、開いた。

冷たい風が頬をはたいた。正面の窓があいて、風でカーテンが揺れていた。そして、窓辺でふたつの人影がもみあっていた。一方がのけぞって転び、もう一方が窓枠から大きく身を乗り出した。

真志歩は身を躍らせて、窓枠から乗り出した人影の腰にしがみついた。人影はチンパンジーかゴリラかというような力で真志歩を蹴飛ばしにかかった。

尾崎と瀬戸が加勢して、やっと人影を窓枠からひき離した。

「放して、放して」

と、両方から肩を押さえられた人影は叫んでいた。窓を閉めてから、それが真志歩の耳に入った。安井が人影に、つまり麻奈美にしがみついて泣いた。

「馬鹿なことはしないで」

「マッシー、看護師さんを呼んで。鎮静剤かなにかが必要だ」

尾崎が叫んだ。麻奈美は母親と男二人に押さえられてなお、ふり放そうと体を遮二無二動かしている。

真志歩はベッドサイドのブザーを押した。

「はい、どうしました」

「患者さんが興奮して暴れています」

「分かりました。すぐ行きます」

しかし、看護師が医師に了解をとって鎮静剤を持ってくる間に、麻奈美の興奮はどうやら鎮まっていた。

麻奈美はベッドに横たわり、放心したように天井を見上げていた。

長い髪は乱れ、頬がこけ、目が異様に大きい。まるで欠食児童のようだ。ただし、薄く開いた唇からは、粒揃《つぶぞろ》いの高価な真珠のような歯並びが覗いている。これが乱くい歯だったりしたら、鬼婆《おにばば》という言葉が容易に連想されるだろう。

だが、これは不公平な評価かもしれない。なんといっても子供を亡くし、夫が危篤状態にあるのだ。それに、真志歩には先入観がある。明を虐待した継母だという先入観だ。日常生活でなにも知らずにすれちがったら、もっときれいな人として受けとめられるのかもしれない。

安井がベッド脇でハンカチを顔に当て、さめざめと泣いていた。もう刑事の存在も、何者か知れない男女の存在も安井の眼中にはないようだった。

「なんで死ななきゃならないのよ。あなたに死なれたら、お母さん、独りぼっちになってしまう」

子供を亡くした母親があとを追おうとすると、今度はその母親の母親を嘆かせることになる。断ち切ることのできない連鎖。親子のつながりって、家族って、どうしてこんなに重いのか。真志歩は、何度も何度も自分に電話をかけているかもしれない母親のことを想いながら溜め息が出た。

看護師がトレイを手に病室に入ってきた。部屋の様子に、いくぶん怪訝《けげん》そうな表情をした。

麻奈美が天井から看護師に視線を移し、身をよじった。

「注射は打たないで」

と言った。見かけとは裏腹の、幼い口調だった。

「眠りたくないの。ちゃんと覚めた頭でいたいの」

看護師は、五十代半ばと思われる、白衣姿でなければミッション・スクールの教師に見える女性だった。二分の一秒ほど観察する目で麻奈美を眺めてから、周囲の四人を順に見回した。

「みなさん、興奮させないと約束できますか」

テストの範囲を念押ししている教師のように聞こえた。

「僕たちはなにもしていませんよ」

と尾崎が言い、瀬戸もうなずいた。安井が溢れてくる涙をハンカチで拭いながら言った。

「私がスマホをバッグから取り出す時に変なところに指が触れて、音を立ててしまったんです。それで目を覚まして、一言二言話していたら、急に興奮し出して」

看護師は納得したらしく、

「そうですか。じゃあなにかあったら、すぐに呼んでください」

案外すんなりと出ていった。

「入院して、ああいう看護師がいたら恐いなあ」

「いや、きっと有能で頼れる看護師なんですよ」

尾崎と瀬戸がぼそぼそとささやきあっている。

刑事さん、そんなことを考えている場合じゃないでしょう。真志歩は、言葉を喉の奥にとどめた。

麻奈美は、看護師が出ていくとふたたび天井に目を戻した。とりとめもない表情で、なにを考えているのか分からない。しかし、やがてぽつんと、雨垂れのように言葉を落とした。

「あの人がいけないいんだわ」

今回の件について語り出したのだろうか。

あの人って、誰です？　刑事ならそう訊くべきだろうが、瀬戸は口を開かなかった。小首をかしげて、麻奈美を見守っている。

安井の肩が動いた。麻奈美の口をふさごうとしているのだろうか。しかし、その前に、尾崎が安井の耳もとでささやいた。

「そっとしておかなきゃ駄目ですよ」

安井は、すごい目で尾崎をふりかえった。口もとの筋肉をひくつかせたが、なにも言わなかった。

麻奈美がまた言葉を落とした。今度は少し長かった。

「あの人が災厄をもたらしたんだわ。いい人だと思っていたのに。自分勝手なことを言い出して。パパは絶対、断ると思ったのに。だって、瑠日がベンチレーターをつけるようになっていたのよ。厄介な子供をひきとるなんてできないくらい分かりそうなものでしょう」

「そうよね」

と安井が言って、麻奈美のパジャマから剝《む》き出《だ》しになっている腕をそっと撫でた。

「しゃべらなくていい。休みなさい」

麻奈美は目をつぶった。濃い疲労が顔をおおった。二百年も生きた人のように見えた。

「帰ってください。この子は病人なんです」

安井は、真志歩たちにむかって言った。低いが強い声だった。母は強し、という語句が真志歩の頭をよぎった。

「そうですね」と、瀬戸がうなずいた。「あなたたちは帰ってください。私は残ります」

尾崎と真志歩に、当然のことのように言った。

真志歩は、さすが刑事、と思ったが、安井はそんなふうには思わなかったようだ。

「刑事さん、あなたも帰るんですよ」

瀬戸に憤然と命じた。さっきの看護師同様、教師の貫禄《かんろく》を感じさせた。もしかしたら、本物の教師なのかもしれない。

だが、安井はまた失敗したようだ。

「刑事？」

麻奈美は目をあけて、ベッドに半身を起こした。

「刑事なの、この人たち」

「刑事は私だけです」

と瀬戸が言い、安井が真志歩と尾崎を目でさして言った。

「ご近所の人じゃないの？」

麻奈美は、安井の問いかけを聞いていなかった。瀬戸だけを見つめ、両手をきつく握りしめて、

「私、そんなつもりじゃなかったんです」

と、言った。懺悔《ざんげ》するキリスト教徒を連想させた。実際、懺悔がはじまるのではないだろうか。

真志歩は固唾《かたず》を飲んで麻奈美を見守り、そして安井はぶるぶると体を震わせながら、

「なにもしゃべらないで、麻奈美。あなたは疲れているのよ。寝なさい」

喉からしぼりだした声で言った。麻奈美は母親を無視しつづけた。

瀬戸は、感心することに決して逸《はや》らなかった。耳に心地よい、音楽的とさえ聞こえる調子で訊いた。

「じゃあ、どんなつもりだったんです」

麻奈美は、質問からはるかにかけ離れたところからはじめた。

「パパが棚作りをやめようとしなかったんです。明に準備した部屋の、明のための棚です。瑠日の息遣いがおかしいと言っているのに、もう少しだと言って、見に行こうともしなかったんです。それで、私はこの人はもう瑠日に愛情がないんだと分かったんです。

明が帰ってくるのを喜んでいるんだということも分かりました。猛烈に腹が立ちました。金鎚を取ってくれと言うんで、投げつけたんです。そして、あとも見ずに下へおりていったんです。瑠日を一人で置いておくわけにいかなかったから。瑠日を病院に連れていくべきかどうか迷っていました。お正月で主治医が病院に出ていないことを知っていたので、当直の若い医師に診せていいかどうか不安だったんです。私、あまりにも優柔不断でした」

そこまで一気にしゃべると麻奈美は不意に言葉を切り、大きく首を垂れた。

長い沈黙になった。麻奈美はこのまま彫像と化してしまうのではないか、そして真実は永遠に麻奈美の胸の中にとどまるのではないか、そんなふうに思えた。

しかし、やがて麻奈美は顔を上げた。意外にも眦に深い怒りを刻んでいた。

「いきなりチャイムが鳴ったんです。元日の昼過ぎに。まだ眠っていたのに」

どうやら、麻奈美はさっきの話とは異なる時間に立ったらしい。

「一体、誰が来たと思います。災厄です。真っ青な顔色をして、まるでゾンビのようでした」

「災厄？　ゾンビ？」

質問もはさまず静かに聞いていた瀬戸が、眉をひそめて声をあげた。

「誰だったんですか」

麻奈美はまっとうに答えなかった。

「お金の無心に来たんです。呆れてしまう。ホテル代が足りないって。そんなの、あらかじめ分かることでしょう。分かっていて、やったこと。ホテル代なんていうのも、嘘かもしれない。もちろん、追い返したわ。一度あげたら癖になるもの。パパが応対に出ていればあげちゃったかもしれないけれど、眠っていたから、よかった」

麻奈美は、にたりと唇を横に広げた。こちらのほうがよほどゾンビに見えた。

追い返されたのは、恵璃子だ。はっきりしている。

福岡家でホテル代を借りられなかった恵璃子は、どこへ行ったのだろう。

それにしても、真っ青な顔色だったというのは……やはり、恵璃子は華麗屋に戻る途中で倒れたのではないか。真志歩は、どこかの救急病院で危篤状態になっている恵璃子を思い描いて、胸が疼《うず》いた。

「それで、棚のほうはどうなりましたか」

突然、瀬戸が質問した。日曜大工の素材を売っている店の店員が客に結果を尋ねているような、ごく軽い調子だった。麻奈美は「棚？」数回まばたきしてから、やっと言葉の意味を飲み込んだようだった。

「知りません。パパを呼びに行った時、棚なんか見なかったから」

「なぜパパを呼びに行ったんです」

「なぜって」

麻奈美は、顳《こめかみ》に人差し指を当てた。そこからなにかを引き出したかのように、麻奈美の顔つきが変わった。どこかで見た表情。そうだ。さっき安井が見せたのと同じムンクの「叫び」だ。さすが母子、瓜二《うりふた》つだ、と真志歩は、場違いな感心をした。

「瑠日が息を止めてしまったんです。それで、病院に連れていこうと思ってパパを」

「救急車を呼ぼうとしなかったの」

安井がくちばしをはさんだ。麻奈美は母親を見て悔しそうに言った。

「動転して、救急車の番号を思い出せなかったの。だから、パパが必要だった。それなのに、パパったらベッドに突っ伏して居眠りしていて」

「でも、それは居眠りではなかったんでしょう」

瀬戸が指摘した。静かすぎるほど静かな声だったのに、麻奈美は雷に打たれたように瀬戸を見た。

「ええ。眠っていなかった。彼も息をしていなかった。みんな、みんな死んでしまったんだわ。あの女が呪いをかけていったんだわ、お金をあげなかったのを恨んで」

麻奈美の顔に土砂崩れが起きた。と思う間もなく、麻奈美は大声をあげて泣きはじめた。

「私一人で生きてなんかいられない。私も死ななきゃ」

そうよ、私も死ななきゃ、と、麻奈美はベッドから飛び出そうとした。瀬戸が正面から麻奈美の体を受けとめた。

「ナース・コールを」

瀬戸の声が終わる前に、真志歩はベッドサイドのブザーを押していた。

病室に駆けつけた看護師は、今度こそ麻奈美に鎮静剤を打って寝かしつけた。そして、あとからやってきた医師が、部外者の病室への立ち入りを当分禁止すると宣告した。部外者というのは、尾崎と真志歩だった。

瀬戸は筒中総合病院に残った。警察手帳を見せてなにか医師に説明し、病室前の廊下で待機することを承知させたのだ。

「刑事が殺人未遂犯に死なれないように見張っているんだろう」

と、尾崎は瀬戸の真意を推し量った。

しかし、真志歩にはそうとばかりは思えなかった。瀬戸は麻奈美が目覚めてふたたび自殺を図ることを真底憂慮しているようだった。ケアを必要としている人を親身になって世話する、そういう態度が垣間見えたのだ。刑事っぽくない人だ、というのが真志歩の瀬戸にたいする評価だった。もっとも、真志歩は刑事という職業の人に会うのは今回がはじめてだ。だから、刑事っぽいと言っても、頭で描いている刑事のイメージ通りかそうでないかというだけにすぎない。

「うちへ帰るだろう?」

大通りで空車が通りかかるのを待ちながら、尾崎は言った。

「尾崎さん、おうちへ帰るんですか」

「いや、俺は市立病院へ戻る。基彦の実家の連絡先も聞いたし」

空車が来た。乗り込む間際に真志歩は決めた。

「私も市立病院へ行きます」

「そう」

尾崎が少し変な顔をしたように見えたので、真志歩は言わずもがなのことを言った。

「明君のことが気になるから」

尾崎は、運転手に簡潔に「市立病院」と告げた。

15

市立病院では、危篤状態の患者の家族はICUに隣り合った待合室で待機することになっている。ビニール張りの固いソファがあるきりで、仮眠用のベッドが置かれているわけではない。そこを覗くと、明と美咲がいた。明は美咲の足に頭を乗せ、体に美咲のハーフコートを掛けられて眠っていた。

「どうだった？」

美咲は二人の顔を見ると、開口一番に訊いた。

「麻奈美が基彦を金鎚で殴ったんだね」

尾崎が言い、真志歩は補足した。

「基彦さんから金鎚を取ってと言われたんで、腹の立つことがあったから、投げつけてやったら頭に当たったったみたいですよ。麻奈美さんは頭に当たったことも意識していなかったみたい」

するると、尾崎は首をふった。

「いや、あれは嘘だね。麻奈美は基彦を直接殴ったんだし、基彦がそれで重傷を負ったのも知っていたはずだ。だけど、刑事がいたから状況を取り繕ったか、あるいはそこまで悪くとらないとすれば、催眠剤を飲んだあとで記憶が曖昧になってしまったんだ」

「直接殴ったという根拠はありますか」

「基彦の頭の傷は複数だったという話だよ。一回投げつけて複数の傷ができるとは思えない」

「やっぱり暴力的な女なのね」

と、美咲が言った。麻奈美の感情的な振る舞いを目にしている真志歩は、尾崎にも美咲にも反対する理由を見出せなかった。

「まあ、そうですね。ただ、亡くなった瑠日ちゃんにだけは愛情たっぷりだったみたいだけれど」

明の耳全体がぴくりと小動物のように跳ねた。真志歩はぎょっとした。

「もしかして、聴力を取り戻している？」

「ううん、そんなことはなかったわ。少なくとも眠り込む前までは」

しばらく大人たちは明の様子を窺っていた。だが、明が耳以外の動きを見せることはなかった。

「どうやら目覚めてはいないようね」

「美咲、足がくたびれない？　明の頭は重そうだ」

尾崎が目線を明の頭と美咲の膝頭の間で上下させた。少し羨んでいるふうでもあった。あるいは、嫉妬に近いかもしれない。

「まだ大丈夫。五、六分しか経っていないもの」

美咲は、明の頭を静かに撫でた。明の髪の毛は羽毛のように柔らかくてふわふわしていて、撫でられる側よりも撫でる側のほうが心地よかったりする。正に美咲は心地よいという顔をしていた。明のお母さんというには美咲は若すぎるけれど、でもお母さんのようだ、と真志歩は感じた。

けかしら」

「するほ」と、美咲は思い出したように言った。「麻奈美は一家心中をしようとしたわ

「麻奈美が息子まで殺したかどうかは分からないな。息子の容体が悪化していたような
んだ。息子は病死かもしれない」

「息子が病死して、夫と無理心中しようとした？」

「無理心中は結果的にそうなっただけだろうな。夫を金鎚で殴り殺してしまったと勘違
いした。その上、息子が病死した。それで麻奈美は、発作的に自殺を図った。とにかく
衝動的な人間だと思うよ、彼女は」

「そうだ」と、真志歩はまだ美咲に告げていない事実を思い出した。「恵璃子さんは一
日に福岡家を訪れてお金を貸してほしいと申し出たそうですが、麻奈美さんは断ったと
いうことですよ。その時、恵璃子さんの顔色は真っ青だったそうです。恵璃子さん、な
にか重い病気にちがいありません。どこかで行き倒れているんじゃないかしら」

美咲は鼻の頭に皺を寄せた。

「どうやらそうみたいね、以前の吐血と考えあわせると。もし基彦が亡くなって、恵璃
子がその調子ということは……」

「天涯孤独ということだなー。まさか麻奈美に託すわけにいかないし」

尾崎が嘆息した。

「尾崎さん、麗香と結婚しなよ」

美咲は言った。まるで、ドアを閉めて、とでもいうようなさりげない調子だった。しかし、真志歩は耳を疑った。尾崎は美咲のボーイフレンドではなかったのか。もちろん、同じ場所に居合わせれば麗香とも言葉を交わしていたけれど、さほど親密な様子ではなかった。麗香のほうは、尾崎を疎んじているようでさえあった。尾崎の顔をまともに見てしゃべったことがない。

尾崎は静まり返った視線を美咲に注いだ、十秒か、二十秒の間。

「そんなことができると思っているのか」

「明のいい親になると思うよ、二人とも」

「…………」

「素敵じゃない、結婚した時にすでに手のかからない子供がいるのって。特に尾崎さんは、はじめての子供を持つには少しばかり年をとっているから」

「麗香が美咲と同じように素敵だと考えるかどうかは分からない」

「あら、私は麗香の気持ちになって素敵だと言ったのよ。私は子供も家庭もいらないの。どっちも苦手なんだもの」

「俺にはそう見えないいな」

なんだか空気が熱くなっているみたいだ。いや、それとも辛くなっているのか、唐辛子を撒《ま》いたみたいに。真志歩は皮膚がむずがゆくなって、小さく体を揺らした。

その時、熱い空気を切り裂くようにして、遠慮のない靴音が聞こえてきた。

「明」

麗香が待合室に入ってきた。押し殺してはいるものの、緊迫した気配をともなっている。

その瞬間、明が目をあけて上体を起こした。声が聞こえたのだろうか、それとも気配を感じたのだろうか。

麗香は、明の頬を両手ではさんで、一語一語明瞭に言った。

「パパが亡くなったわ。でも、脳細胞の一部はまだ生きているかもしれない。お別れに行こう」

明は一挙動で立ち上がり、ＩＣＵへむかって駆けていった。麗香があとを追った。真志歩たちも続こうとしたが、麗香はふりかえって叫んだ。

「ＩＣＵは家族だけ」

それで、三人は歩調をゆるめた。どのみち明が基彦に最後の別れをしたら、真志歩たちの出番が来る。

「これで、麻奈美の容疑は傷害罪から傷害致死罪に変わったな」

「麻奈美の罪状なんかどうでもいいわ。これから先、明の面倒を見てくれる人じゃないもの」

美咲は、砂のように乾いた声で切り捨てた。


「明は立派だったわ」

と、麗香はあとから、父親と対面した明の様子を語った。

明はＩＣＵに入ると、急にもの静かな立ち振る舞いになった。ほかの患者に迷惑をかけまいとしてか、足音まで殺した。そして、人工呼吸器をはずされた父親の枕辺に立った。明は一分か二分、黙って父親の土気色の顔を眺めていた。それから、バスタオルから出ていた父親の手を握った。

「ありがとう、パパ」

と、小さな、しかししっかりした声で言った。ひざまずき、父親の手に頬を押しつけ、しばらくじっとしていた。目尻から涙がこぼれ落ちて、父親の手を濡らした。

五分ほどして、麗香は明の肩にそっと手を置き、低く声をかけた。

「そろそろ」

明は父親の手を離し、立ち上がった。

「よろしくお願いします」

と、麗香にむかって頭をさげた。

「十歳かそこらの子にできることじゃないと思うわ」

麗香は頬をうっすらと紅潮させて、そう伝えた。

基彦の死は変死なわけで、亡くなったからといってすぐに安らかに眠ってもらうことはできなかった。解剖が終わるまで、市立病院の遺体安置所に留め置かれた。

またしても、柚木家で遺体のない通夜が行なわれることになった。喪主の曖昧な通夜だ。尾崎が基彦の実家に連絡をとったけれど、両親は来られないということだった。母親が脳卒中で寝たきりで、父親が一人で介護をしているという。その父親も癌《がん》を患っていて、一人息子の死に茫然としているばかりだった。

「息子が死んだら、将来、私の面倒は誰が見てくれるんでしょう」

とり乱した声でそう訴えられた尾崎は、息子が嫁に殺された可能性を伝えることもできず、早々に電話を切った。

「福岡家には、日本の家族の縮図が詰まっているよ」

と尾崎は、スマホを当てていた耳のふちをこすりながらみんなに報告した。

柚木姉妹の父親の通夜には写真があったけれど、福岡基彦の通夜には写真すらなかった。そして、喪主かもしれない明は、時計の針が十二時をすぎたところで三階の達也の部屋へ連れていかれ蒲団に入った。美咲と真志歩に見守られて、案外、簡単に眠りについた。

「あなたもうちに帰って眠ったら」

と、二階におりていきながら、美咲は真志歩に言った。

「最近いつ眠ったの？　落っこちそうな瞼をしているわ」

「二日間で数時間。美咲さんだって似たようなものでしょう」

「そうね。でも、アドレナリンがばんばん出ているみたい。ちっとも眠くない」

一階で物音がした。踊り場で窺っていると、麗香が階段をあがってきた。

「あーら、やっとお帰りね」

美咲は皮肉っぽい口調で言った。

「明は？」

「眠った。恵璃子がいなくなった時ほど堪《こた》えていないのかも」

「そんなはずないでしょ。仮にも父親なんだもの」

「そう、父親よね」

美咲は、「父親」の部分を糸を引きそうなほど粘っこく発音した。

麗香は半分あいた居間のドアへ、視線を投げた。

真志歩は、体を少し斜めにして麗香が居間に入っていきやすいようにした。しかし、
麗香はすぐには入ろうとしなかった。

「お父さんの手なら」と、美咲は言った。「華麗屋のカウンターにあるわ」

「なんで、そんなところに」

「ご近所の人が話を聞きつけて、お線香をあげにきてくれたの。何人も、何人も。華麗屋のカウンターが祭壇になったんだわ。お父さんにしても、そのほうが嬉しいんじゃないかしら」

「そう。そうね」

麗香は目線を落としてつぶやくように言い、そして居間に入っていった。美咲も真志歩も後ろから続いた。真志歩は、帰るきっかけを失った。帰りたいとも思っていなかったのだけれど。

「ここでは、さっきまで基彦さんのお通夜をしていたのよ。二日続きのお通夜だわ」

美咲は、自分たちの家族写真が載ったテレビ台を指さして言った。

「基彦さんが亡くなったことは、警察に伝えたわ。さすがに事情聴取や福岡家の家宅捜索は明日になるみたいよ」

「まだ家宅捜索をしていなかったんだ」

尾崎が少し呆《あき》れたように口をはさんだ。麗香は自分の両のてのひらを、なにか調べものをするように見ながら言った。

「事件性があるかどうか判断がつかなかったんじゃないの。お正月だったせいもあるかもしれない」

「殺されるなら正月を避けろ、って？　病気になるのも正月を避けなきゃいけないし、いろいろ大変だ」

「尾崎さんが考えるほど、お正月の病院は頼りなくないわよ」

「なんといっても、責任感の強いお医者さんがいるから？」

「その通り」

「ねえ、お二人さん」と、美咲が針の先のように鋭い声をあげた。「いつまで実のない話を続ける気なの。いい加減、肝心な話に入ったらどう」

麗香は、自分のてのひらから美咲に目を移した。

「肝心な話？」

「私たちがこれからどうするか、よ」

麗香は、つと美咲の視線を避けた。テレビ台の前に座り、家族写真にむかって手を合わせた。

美咲は姉からやや離れた、尾崎と対面する位置に横座りに座った。

真志歩は自分がいてもいいのかとも思ったが、誰も出ていけと言わないので、美咲と尾崎の間に座った。四人が車座で座る形になった。しばらく、誰も口をきかなかった。

室内の空気がひんやりと冷たく感じられた。暖房が切れたのかと、真志歩はエアコンをふりあおいだが、エアコンは働きをやめていなかった。

「華麗屋を閉めたいのね」

唐突に、麗香が言った。いったん口を開くと、麗香は奔流のように言葉をほとばしらせた。

「もう店を続ける理由はないものね。悪いとは思っていたのよ。私が医者を辞めて華麗屋を切り盛りすればよかったのに、たった十八歳のあなたに大学進学を諦めさせて店を続けさせたのは。でも、私のお給料がなくなったら、たちまち華麗屋は立ち行かなくなるだろうし」

「お給料のせいだけでなく、麗香は料理がからっきし駄目だもの」

美咲が一言口をはさんだ。麗香は一瞬、空白の表情を見せてから続けた。

「ともかく、華麗屋がなくなったら、お父さんが帰ってきた時にどんなにがっかりするかと思ったら、あなたに無理をさせるしかなかった。でも、終わったのよね。すっかり終わったのよね。店を残す必要はなくなったのよね。あなた、京都に行くの？」

美咲は、ぱちりと音の出そうなまばたきをした。それから、至極落ち着いた様子で言った。

「もうセンター試験の出願は終わっているわ」

「そんなことは分かっているわ。大学入試の準備をはじめるのかと訊いているの。それならば、全面的に協力するわよ」

「協力？」

「資金面で。大学院に行くと言うなら、博士課程を終えるまでずっと」

「ありがたいわね」

美咲は言った。麗香は唇を結び、妹の顔を点検するように眺めた。

美咲の声はまったいらで、皮肉が含まれているのかどうか真志歩には読みとれなかった。しかし、父親の遺体が発見されて以来ずっと麗香にたいして刺々しいところをみると、おそらく心からありがたがっているわけではないだろう。

帰るべきだったかしら、と真志歩は思った。人の家のもめ事に立ち会うなんて、楽しいことじゃない。しかし、真志歩には帰りたくないわけがあった。一人になったら、どうしてもスマホを生き返らせなければならない。そうなると、現れるのはスマホに積み重なっているであろう母親からの連絡だ。それを目の当たりにするのは苦痛だった。先のばしにすればするほど重さが増していくとは知っていたけれど。

「ねえ」と、美咲は実際的な声を出した。「そんな先のことを考える前に、もっとすることがあるんじゃないの」

「もっとすること？」

「お父さんのお葬式をどうするか相談しなきゃならないわ」

「………」

「でも、それよりもなによりも、麗香は遺体の一部を確認すべきじゃないの」

麗香は、パンチをくらったみたいに頬に手を当てた。

「どこで」

喘《あえ》ぎ声《ごえ》で訊いた。

「カウンターが祭壇になっているると言ったでしょう。そこにあるわ」

麗香は即座に異議を唱えた。

「そこにいると言って」

「そこにいるわ……でも、確認したら、いるとは言えなくなるわよ」

麗香は殺人光線を発するような目で妹を睨んでから、立ち上がった。なんだか覚束ない足取りで部屋を出ていき、階段をおりていった。

「麗香」

尾崎があとを追った。美咲は座ったままだった。生活に疲れた主婦のような手つきで前髪をかきあげた。

「あれを見たら、またごちゃごちゃ言うかもしれない」

真志歩に言うともなく言った。

「ごちゃごちゃ？」

「あんなものをお父さんだと認定できるのかって。DNA検査だって万全じゃないんだから、お父さんじゃない可能性がある。でも、あのブレスレットは？　あれだって、世界に唯一あるものというわけじゃない……」

「いままでも、そういうことがあったんですか」

「遺体の一部と称するものが出てきたりはしなかったけれど、川の見回りに行った事実を信じなかったり、崩れた土手ごと川に流されたという目撃証言を否定したことはあったわ」

「よっぽどお父さんのことが好きだったんですね」

「好きは好きだったけれど」

美咲は、彼女には珍しく言いよどんだ。それから、話し出したものを途中でやめるのは潔くないと思ったのか、続けた。

「その一週間ほど前からずっとお父さんと喧嘩していたのよ。口もきかなかった。あの日も、大雨の予報があるから気をつけてというお父さんに返事もせず、職場へ行ったの。それが、お父さんとの最後の別れになってしまったものだから」

予想外の話だった。真志歩には、麗香が父親と喧嘩することがあったなどとは想像できなかった。美咲なら、あるかもしれないと思うけれど。

「どうしてそんな」

出すぎた質問だったが、思わず口から漏れた。美咲は咎める様子もなく、むしろ軽やかすぎるくらい軽やかに答えた。

「尾崎さんとの結婚に反対されたから」

真志歩は面食らった。いままで思い描いていた姉妹と尾崎の関係性が完全にひっくり返ってしまった。

美咲は真志歩の顔を見て、からかうように笑った。

「尾崎さんを私の恋人だと思っていた？」

「あ、いえ」

そういえば、さっき美咲は尾崎に麗香との結婚を勧めていた。あれは、憎まれ口でもなんでもなく、本心だったのか。

「なんでお父さんは麗香さんと尾崎さんとの結婚に反対したんですか」

「そうねえ」美咲は、記憶をひきだそうとするように額を指でこすった。「二年前の時とちがって、理由は言わなかったなあ。駄目の一点張り」

「二年前？」

「あ、その二年前、つまりいまから六年前にも麗香は結婚を反対されたの。どこかの大病院のおぼっちゃま医師《せんせい》との」

そうか。麗香ほど魅力的なら、ほかに縁談があってもおかしくない。

「そちらはどうして？」

「相手に三回の離婚歴があって、元妻は三人ともおぼっちゃまのお母さまに追い出されたらしい」

「へえ。いまどきそんなことがあるんですか」

「あるんですよ。お父さんは麗香にそんなつまらない苦労はさせたくなかったらしい。麗香もまあ、諭されて納得したんだよね。私もよかったと思うよ、二十四歳かそこらで誰かに縛られるなんて馬鹿げているもの」

「ああ、二十四歳だったんですか。それは早いですよね」真志歩はちょっと頭の中で計算してから言った。「二十六歳でも早すぎませんか」

「麗香って、あれで結婚願望が強いんだよね」

意外なことばかり知る日だ。

「でも、二回目の時は麗香さんは説得されなかったんですね。お父さんと喧嘩してまで尾崎さんと結婚したかったんだ」

「そうねえ。お兄ちゃんとして慕っているんだとばかり思っていたけれど」

美咲は、かすかに酢を舐《な》めたような顔になった。

「お父さんが行方不明になって、二人の関係がぎくしゃくして、結婚も立ち消え状態で。でも、お父さんが見つかったんだから、またやり直せないかなと思うの」

「美咲さんは二人を結婚させたいんですね？」

美咲はなぜか少しばかり頬を赤くした。

「ほかの男を連れてこられるよりいいもの」

その時、下から泣き声が聞こえてきた。真志歩も美咲も話をやめて、泣き声に耳をかたむけた。混じりけのない悲しみだけを宿した赤ん坊のような泣き声だった。

美咲は吐息をついた。

「箱の中を見たんだわ。そして、受け入れたんだわ、お父さんの死を」

ゆっくりと立ち上がり、下へおりていった。真志歩はここでも自分の行動に迷いながら、美咲の後ろをついていった。

カウンターの上で、箱が開きっぱなしになっていた。そして、麗香がスツールに腰かけて、まっすぐに箱に対面したまま、涙を流していた。尾崎が麗香の横に立って彼女の背を静かに撫でていた。

真志歩は、箱の中に白っぽい塊を認めた。それは一見したところ、水にさらされてきれいに磨かれた河原の小石が詰められているかのようだった。そう見えたのは、真志歩がすぐに目をそらしたせいだろう。これが人の骨かとつくづく眺める度胸は、真志歩にはなかった。

「このままお母さんのお墓に持っていってもいいと思う？」

美咲は、実務的な調子で麗香に声をかけた。麗香は、しゃくりあげながら言った。

「葬儀場で一連のセレモニーをするとでも言うの。焼いたら、砂粒になってしまうわ」

「じゃあ、決まりね」

麗香はカウンターに載っているティッシュケースからティッシュを一枚出して洟をかみ、それから妹をふりかえった。

「あなたって、本当に実際的な子ね」

「だからこそ、この店も四年間やってこられたのよ。感謝してね」

「感謝しているわよ、とても」

麗香はもう一度洟をかんだ。

「さて」と、尾崎は言った。「俺たちはもう帰ろうか、マッシー」

「はい」

とうとうスマホを見なければならない。しかし、麗香がひきとめた。

「あら、そんなこと言わずに、これから飲みましょうよ」

「え、飲むの。だって、みんな、この二日間、不眠不休のようなものだぜ」

「私、ちっとも眠くないの。飲みたい気分なの」

「私もだわ」

と、美咲が言った。それでつい、真志歩も言った。

「私も飲みたいです」

スマホに対峙《たいじ》したくないという意味だけれど。

尾崎は頭をかきかき女性陣を見回した。

「戦後、ストッキングと女性は強くなったというけれど、ほんとだな」

「戦後って、一体いつの戦後よ」

「いや、俺も知らない戦後だけれど」

「さあ、飲みましょう」

麗香が冷蔵庫から缶ビールを出してきた。

「カレー、つまみになる？」

「やめて。二階の冷蔵庫にチーズが入っているよ」

「チーズだけ？」

尾崎が真志歩の肩を叩いた。

「よっしゃ。マッシー、コンビニでなにか見繕ってこよう」

「えー、二人で逃亡する気じゃないでしょうね」

「そんなことしません」

　真志歩は、尾崎に連れられて駅近くのコンビニへむかった。真夜中をすぎた戸外は、函館の真冬に遜色のないほどの寒さになっていた。この時間にあいているコンビニまでは往復十五分かかる。

「悪いね。二人だけの時間を持たせたほうがいいかと思って」

尾崎は、真っ白な息を吐きながら言った。あ、そういうことなのか、と真志歩は思った。

「尾崎さんって」

「ん？」

麗香さんと美咲さんと、どちらが好きなんですか、という言葉を、真志歩は飲み込んだ。尾崎は気安い人だけれど、さすがに訊くべきことではない。

三十分かけてつまみとさらなるアルコールの追加（ビールとワイン）を選び、華麗屋に戻ると、姉妹はすでに二階に移動していた。遺体の入った箱も一緒だった。ふたたび白い布に包まれて、テレビ台の上に置かれている。そして、その箱の前にはビールとカレーライスが供えられていた。

姉妹は早くもビールを二缶ずつあけていて、二人に「遅い」と文句を言った。

四人は冬の朝が明けるまで飲みつづけ、そのうちに誰からともなく床に倒れて眠った。

16

電子音が鳴っている。電子音は一定のメロディを奏でている。あれは、「世界に一つだけの花」だ。え、私のスマホ？

真志歩は手探りでポシェットを探りかけて、思い出した。スマホは電池切れのままだ。するると、誰のスマホなのだ？

見回すと、すぐ隣で眠りこけていた尾崎のズボンから音が出ていた。

四十のおじさんと同じ着メロか。なんとなくがっかりしながら真志歩は、

「尾崎さん、電話ですよ」

尾崎を揺すり起こした。自分のスマホには出たくないが、人の電話が鳴っていると気になる。尾崎は目をこすりながら、スマホをポケットから出した。

「ファンタスティコ？」

びっくりしたのか、尾崎の顔から眠気が飛んだ。

「もしもし……そうですが……え、え、ほんとですか」

美咲も麗香も目を覚まし、尾崎を注視している。

尾崎は、プラスティックで作った食べ物を飲み込んだような顔で電話を切った。

「どうしたの」

「ファンタスティコから電話で、宿泊費を返却したいから来てくれって」

「宿泊費？　明たちの？」

「うん」

「恵璃子が現れたの？」

「いや。現金書留が届いたそうだ、恵璃子から」

「現金書留！　現金書留を出しに郵便局に行ける状態なんですね、恵璃子さんは」

「誰かに託したんじゃなければね」

　束の間、四人は黙りこんだ。それぞれなにか考えていただろうが、同じことを考えていたかどうかは分からない。真志歩は、三箇日にあいている郵便局は少ないだろうに、そこまで行ける体力が恵璃子にあるのなら、どうして明をひきとりにこないのだろう。そう考えていた。

「私たち、こんなに眠っていたの」

　麗香が掛け時計を見て、驚きの声をあげた。

　真志歩も驚いた。十一時になろうとしていた。いつ眠りに落ちたか覚えていないけれど、まさかみんなそろってこんな時間まで眠りこけていたとは。

「明、どうしているかしら」

「いないわ」

　真っ先に美咲が気がついて、三階にあがっていった。すぐに、叫び声がした。

「トイレじゃないの」

ばたんばたんという音とともに、

「ううん、いない、どこにも」

声が返ってきて、美咲は二階に駆けおりてきた。

「無責任だったわ。親を亡くしたばかりの子をほったらかしてお酒飲んでいたなんて」

ロープで胸を締めつけられているような顔色をしている。

「下にいるだろう」

尾崎が言って、一階へおりていった。ああ、そうに決まっている、と真志歩や麗香も続いた。

尾崎の言う通り、明は下にいた。ガラス扉にぺたりと顔をつけて、外を眺めていた。

「明」

美咲が背後から明を抱きしめた。

明は、びっくりしたように美咲をふりかえった。びっくりしたのは明だけではない。真志歩も意外の感に打たれた。子供は苦手と言っていた人の態度とも思えない。本当はとても母性的な人なんじゃないだろうか。

みんなの視線を感じたのか、美咲はふりかえり、照れたような笑みを浮かべた。

「夢を見ていたの」

「夢って？」

「ごちゃごちゃといろいろなシーンがあったんだけれど、一口で言うと、明が独りぼっちで町を彷徨っている夢。ぼろ屑《くず》のようななりなんだけれど、町行く大人は誰も明に声をかけようともしないの。そこへファンタスティコからあんな電話が来たから……」

「ああ、どういう状況で恵璃子が書留を送ってきたか、訊きに行かなきゃ」

と尾崎が言って、いまにも外へ出ていきそうになった。明の表情が機敏に動いた。

「恵璃子？」

おっと、また聴力が回復したのか？

「耳、聞こえるの？」

明はうなずいた。

「ずーっと、聞こえているようになってほしいわねえ」

麗香が嘆息するように言った。明は大人たちの思いには頓着せず、一所懸命の視線を尾崎にむけた。

「恵璃子がどうかしたの？」

「連絡がとれそうなんだ」

明の顔が大きく開いた。目も鼻の穴も口も、月下美人の花が開くようにぱっと開いた。

「会える？」

明は息を弾ませて言った。

「すぐに会えるかどうか分からない。ちょっと調べてくる。待っていられるな?」

明は体ごとうなずいた。

真志歩は先遣隊に志願した。尾崎と二人でファンタスティコへ行った。

今日のファンタスティコのフロント係は、個人情報保護法を盾にとらなかった。尾崎が恵璃子からの書留を見せてほしいと申し入れると、なんの躊躇もなく奥から封筒を持ってきた。速達だった。

住所は、静岡県袋井市の恵璃子の住まいになっていた。消印も袋井市だ。日付は一月三日。

メモ書きが入っていた。

『宿泊費の支払いが遅くなり、申し訳ありません。』

それだけだった。ホテルに残していった荷物のことも、そして明についてもなにも書かれていなかった。

「恵璃子の住まいに行ってみよう」

尾崎は言った。真志歩は考える暇もなくうなずいていた。

吾川市から袋井市まで、まず東京に出て東海道新幹線に乗らなければならない。新幹線を掛川《かけがわ》でおりて、さらに東海道線に乗る。これは五、六分の乗車で、予想より多く本数があった。そうは言っても、真志歩と尾崎が恵璃子の住まいの最寄駅に着いたのは、夕方の四時すぎだった。

わりと新しい町のようだ。駅前に商店街は見当たらず、殺風景な広場のむこうにマンションというのかアパートというのか、中低層のビルが統一感もなく建ち並んでいる。駅前のタクシー乗り場で恵璃子の住所を告げると、運転手は乗り場から見える四階建ての建物を指さした。

「あそこですが、乗りますか」

さすがに、その気にはなれなかった。運転手に礼を言って、真志歩と尾崎は歩き出した。

ここに来てはじめて、真志歩は不安を感じた。恵璃子は果たして自宅にいるのだろうか。書留を送ったのが恵璃子とはかぎらないだろう。恵璃子は病院にいて、誰かが恵璃子の代わりに郵便局へ行ったのかもしれない。これだけの時間と交通費をかけて空振りだったら、目も当てられない。

「恵璃子さんに会えるでしょうかね」

尾崎の返事はいたって楽天的だ。

「会えると信じれば会えるさ」

「そんな」

「なにを心配しているの」

ふっと真志歩を見た尾崎の眼差しが真剣だった。

「恵璃子が家にいるなら、なぜ明を捨て置くのか。病気で身動きできない身であってほしい、そう考えているの？」

気楽な中年が図星を指してくる。

「明君、どうなるんでしょう」

「そうだな……」

「尾崎さん、麗香さんと結婚して、明君を養子にしてくれます？」

「おいおい」

「四年前、二人は結婚するつもりだったんでしょう？」

尾崎は顎に手を当て、返事をしなかった。

どうも、真志歩には尾崎の心が読めない。美咲を好きなように見えるのだけれど、美咲の話によれば、結婚しようとしていたのは麗香なのだから、本当に好きなのは麗香なのだろう。ちがうのだろうか。もっとも、真志歩にはもともと男心など読めないのだ。裕貴が真志歩をどう思っているのかだって分からないのだから。

裕貴のことを思って、なぜか瀬戸の顔が脳裏に現れた。真志歩は当惑した。急いで瀬戸の顔を追い払い、裕貴の顔に替えた。どうして裕貴の代わりに瀬戸の顔になったのだろう。長時間一緒にいたから、印象が強くなったのだろうか。きっとそうだ。

恵璃子の住む『メゾンあい』は、比較的新しそうな、しかしどうという特徴もない鉄筋コンクリートのビルだった。窓の数からいって、一フロアに三戸ずつ入っているようだ。恵璃子の部屋番号は301号だったから、部屋は三階だろう。ビルにエレベーターはなかった。真志歩たちは外階段をのぼっていった。

階段をのぼりきった手前の部屋が301号室だった。尾崎がドアの横のインターフォンのボタンを押した。

真志歩の心臓が動きを速めた。裕貴に会う時みたい。いや、ちがう。そんな甘い動悸《どうき》ではない。ホラー映画を見ている時のざわめきだ。

果たして、応答はあるのだろうか。

真志歩はドアを見つめた。飾りもなにもない、灰色に塗られた鉄製のドアだ。そのむこうに、人はいるのだろうか。

尾崎の手が動いた。尾崎はもう一度インターフォンのボタンを押した。それで真志歩は、自分たちが長く待たされていることに気づいた。

「やっぱり留守なんですよ」

真志歩は半分安堵し、半分落胆して言った。安堵したのは、恵璃子が入院している可能性が残されたからだ。落胆したのは、ここまで来てなにも得られなかったからだ。

と、インターフォンからカチッという小さな音が響いた。

「どなたですか」

女性の声が流れてきた。強い風に吹き飛ばされたようなか細い声だった。恵璃子、なのか？

なんて名乗るのだろう。真志歩は尾崎の顔を見守った。

「突然お邪魔して申し訳ありません。尾崎と言います。明君を預かっている者です」

「あ……ま……」

インターフォンが切れた。最後に「待ってください」と言ったように聞こえたけれど、空耳だったのだろうか。無味乾燥なドアを見つめて長い時間が経った。永遠にも思える長さだった。

応対しないつもりだろうかと思いはじめたころ、やっと解錠する音がして、ドアが開いた。ほつれ毛を撫でつけながら、女性が姿を現わした。

「お待たせしてすみません。着替えていたものですから」

顔も体も痩せ細っている。目の下に隈《くま》ができている。肌が土色をしている。年齢は何歳というよりも、すでに年齢を超越した時点に達して見える。それでもなお、美しさの片鱗が残っていた。いまにも散りそうな白い薔薇の花のような。

あけているのがやっとという目を、恵璃子は尾崎の背後にむけた。

「明は一緒では？」

「いえ、華麗屋に残してきました」

「華麗屋さん……あ、カレーのお店ですね」

「ええ、あなたが明君を置いてきた店です」

　恵璃子はうなずいた。

「とても散らかっていますが、お入りください」

　ドアを大きく広げた。珍しく尾崎はためらいを見せた。すると、恵璃子は言った。

「実は私、こうして立っているのが辛いんです」

　真志歩と尾崎は、遠慮を捨てて中に入った。

　2LDKだろうか。狭い廊下の真向かいが八畳ほどのダイニングリビングキッチンで、綿埃《わたぼこり》が舞っていたが散らかっているというほどのものではなかった。二人用のダイニングテーブル、32インチのテレビの前に置かれた布張りのソファ、こちらも二人くらいしか掛けられない。

「どうぞ」

　恵璃子は真志歩たちにソファを示し、自分はダイニングテーブルの椅子に座った。テーブルに肘をついて、大きく息を吐いた。

「どこかお悪いんですか」

真志歩は、氷の厚さを推し量る思いで訊いた。

「ええ、胃癌なんです。余命半年と言われたのは二カ月前でした」

恵璃子は水の流れのようにさらりと言ったあとに、唇の両端を上げた。微笑だとしたら、壮絶な微笑だった。

真志歩も尾崎もしばらく言葉がなかった。恵璃子もちょっと口を閉じていたが、やがて気遣わしげに尋ねた。

「それで、明はどうしているんでしょう。親もとには帰っていないのでしょうか」

「親もとに帰っていると思っていたのですか」

「ええ。駅そばのカレー屋さんの前にいるので連れにいってあげてくださいと、基彦さんにメールしておいたので」

真志歩と尾崎は顔を見合わせた。なにから訊いていいか分からない。あるいは、なにから説明していいのか分からない。

真志歩は決心して口を開いた。

「寒い中、明君が二十分も、いいえ、私が気がついてから二十分なので、もっとだったかもしれません。華麗屋の前に立っていて、冷え切っていたので、店の中に入れたんです。でも、もしかしたら、それで基彦さんは明君を連れ帰れなかったんでしょうか」

真志歩は説明しながら、全身に冷や汗が滲《にじ》んできた。木から落ちた雛鳥《ひなどり》を保護してはいけないという、鉄則が思い出された。親鳥が必ずそばにいて、雛鳥を見守っている。それなのに、人間が連れ去ったら、雛鳥は永久に親鳥のもとに帰れなくなる、という理由だ。それを、真志歩は明にたいしてやってしまったのだろうか。

「ただ」と真志歩は、言い訳としか受け取られないだろうと思いながら続けた。「店の外には注意していました。誰か迎えが来るんじゃないかと。何十分経っても、それらしい人影はまったく現れませんでした」

恵璃子は、しばらく顎に片手を当てて考えていた。

「基彦さんからうんともすんとも言ってこないので、気にはしていたんです。基彦さんの家を訪ねた時、麻奈美さん、基彦さんの奥さんに門前払いをされてしまったし。すぐに基彦さん宛てにメールを出したんだけれど、あの時間、基彦さんはまだ眠っていたということだから、麻奈美さんがメールを消してしまった可能性もなくはないですね。もっとも、メールを見たとしても二十分では来られなかったでしょうけれど。私は、明に三十分くらい待っていてねと言って、あそこに置いてきたんです。日当たりがよかったし、冷え切ってしまうとは思ってもみませんでした」

「明君はそういうことは言っていませんでした。ていうか、明君とは話が通じなかったんです、耳が聞こえなくて」

恵璃子の目が大きく開いた。

「また聞こえなくなったんですか、あの子」

「というと」尾崎が会話に入った。「やはり明君は、あなたのところでは聞こえていたんですね。彼はいま、聞こえたり聞こえなかったりするんです」

「聞こえたり聞こえなかったり……そうですか」

恵璃子はわずかにほほえんだ。

「ありがとうございます。明はお宅でよくしていただいているようですね」

尾崎は問うように恵璃子を見た。恵璃子は言葉を探しながらゆっくりと語った。

「あの子、実家でひどくいじめられていたんです。殴ったり叩いたりされることもあったけれど、それよりも罵倒とネグレクトがひどくて。馬鹿だ、醜い、汚いなどと義理の母親に言われつづけ、さらに食事を減らされ、衣類は何日も取り替えてもらえず、お風呂も何週間も入れてもらえなくて。だから、学校でも臭い汚いと罵声を浴び、とうとう耳を鎖してしまったんです、どうしてそんなことが可能なのか分かりませんが。耳が聞こえないとなると、学校にも行けなくなって。給食で栄養をとっていたのに、学校に行かないとそれもできなくて、がりがりに痩せて。三年前にそれを知った私は、たまらずひきとったんです。すると、少しずつ聴覚をとり戻してきました。ただ、学校へ行くのを嫌がって、家で私が勉強を見ていましたが」

あまりの悲惨さに、真志歩は泣きそうになった。しかし、尾崎は異なる聞き方をしていたようだ。

「そういう家へ、あなたは明を帰そうとしたのですか」

尾崎は言った。声に責める調子はなかったけれど、内容自体が刃《やいば》だ。余命四カ月の人相手に厳しすぎるのではないか。真志歩は胃がぎゅっと引きしぼられる思いがした。しかし、恵璃子は強い表情でその刃を受けとめた。

「私はあと四カ月かそこらでこの世に存在しなくなると言われているんです。そういう家であっても、明を路頭に迷わすよりはましだと思いました」

尾崎は、恵璃子の言葉に打ち負かされなかった。

「養護施設のほうがまだましではないですか」

恵璃子は、賛成できないというように首をかたむけた。

「それは、私にとって最終手段でした。福岡の家についてどの程度の知識をお持ちか知りませんが、私は基彦さんに賭けたんです」

「賭けられる父親だったんですか、基彦さんは」

「麻奈美さんが明にきつく当たっていることは知っていたけれど、しつけの範囲内だと思っていたそうです。明が上級生のいじめに遭って入院してはじめて、実態を知ったということでした。着替えや食事のことなんて、家に一日中いるわけではない男親には分かりにくい虐待でしょう?」

尾崎はなんの賛意も示さなかった。恵璃子は小さく唇を噛んでから、続けた。

「昨年の十二月、基彦さんは私から手紙が行くと、即座に明を返してほしいと言ってきました。明の腹違いの弟が病気なのですが、症状が悪化していると嘆いていました。その口調から、基彦さんは明に執着心が湧いてきたんだなと感じました……ともかく私は、今度は妻の行動に注意して明を守る、と言った基彦さんを信じたかったんです。でも」

恵璃子の瞳から悲しみが滴となってこぼれ落ちた。

「基彦さんが明をお宅のお店まで迎えに行かなかったということは、結局基彦さんは麻奈美さんに逆らえなかったんですね」

「いえ」と、真志歩は言った。少しでも恵璃子の心を軽くしてあげたかった。

「五味さんの想像通り、メールは麻奈美さんが消してしまったのでしょう。だって、基彦さんは明君に使わせる予定の部屋で棚を作っていたくらいですから、明君が戻るのを心待ちにしていたはずです。それで麻奈美さんに」

ここで真志歩は口ごもった。すかさず、尾崎が続けた。

「逆上した麻奈美に殺されたんです」

恵璃子の表情に穴があいた。恵璃子は、自分がいま耳にした言葉を信じられないようだった。凝然と尾崎を見つめていた。

「一日だろうと思うのですが、棚を作っていた金鎚で、麻奈美に頭を殴られたんです。

三日になってこの子が発見したんですが、その時、基彦さんは虫の息でした。病院に搬送して手術をして、でも助からなかった。もう少し早く手当てしていればなんとかなったかもしれないと、担当医が言っていました」

恵璃子は何度も頭を振った。いま聞いたことを記憶から振り落とそうとしているかのように。

「ちなみに、瑠日君も亡くなりましたよ。麻奈美が人工呼吸器をはずしたのか、病状が悪化したのか、その辺は警察が解剖して調べることになるでしょう」

恵璃子は、なにかを堪えるように口もとに両手を当てた。土色の顔色がさらに悪くなった。倒れるのではないかと、真志歩は心配でたまらなかった。

「それで、麻奈美さんは？」

恵璃子は、やっと喉の奥から掠《かす》れた声を出した。尾崎の言い方は氷のように冷たかった。

「睡眠薬を飲んだけれど、生きていますよ」

しばらく恵璃子は黙っていた。尾崎も口をとざしていた。室内に静寂が降りつもっていった。冷凍庫の中ならこんな静寂もあるかもしれない、と真志歩は思った。

霜のかけらのように、恵璃子が言葉を吐いた。

「私が殺してしまったんでしょうか」

「なにを言うんです」

　反射的に、真志歩は言った。同時に、恵璃子が福岡一家に暴力をふるったのではないか、そう疑っていた自分を思い出した。そして恥じた。

「だって、私が明をひきとってほしいと基彦さんに頼んだから、あそこの家庭に不和が生じてこんな結果を引き起こしたのじゃないかしら。やっぱり養護施設に連れていくべきだったのかもしれない」

　そうかもしれない。だが、賛同の言葉を口にすることなどできない。幸い、尾崎もうなずいたりはしなかった。尾崎は空気を変えようという意図なのか、

「あなたのバッグが吾川川の河原に落ちていました」と言った。「どうしてそんなことになったのです」

　恵璃子は、深い眠りから覚めた人のように両手で目をこすった。恵璃子が返事をする前に、尾崎は質問を重ねた。

「それからまた、あなたはファンタスティコに二日まで滞在する予定を急に一日に切り上げていますね。どうしてなんです」

「ずいぶんいろんなことをご存じなんですね」

「必死で調べましたから、明のために」

「明のために……ありがとうございます」

恵璃子は、真志歩たちが座るソファの後方に目をむけた。そこには本棚があった。恵璃子は淡々と話しはじめた。まるでなにかを読み上げているかのようだ。本棚にこれまでの行動が記録された文書でもあるのだろうか、と真志歩は本棚をふりかえった。分子生物学や統計学といった専門書がずらりと並んでいるだけだった。

「そもそも、私は吾川に宿泊する予定じゃなかったんです。実家に明を連れていって、そのまま置いてくる予定でした。ところが、吾川について間もなく、麻奈美さんから、明の部屋の準備ができていないので来るのは二、三日あとにしてほしいという連絡が入って、泊まることになったんです。次の日、ただホテルにいてもしようがないので、明を実家に連れていこうとしたところ、家からかなり離れたところで明が泣き出しました。絶対に行きたくない、と。なんでかよく分からなかったのですが、どうもその周辺に明が小学校の上級生に寄ってたかっていじめられた公園があったようなんです」

明が恐れたのは実家じゃなかったのか。

恵璃子は、悪寒でもしたように自分の手で自分を抱いた。

「清潔にしてやると言いながら背中に火をつけられたとか。近くにいた大人が火を消しとめてくれなければ、どうなっていたことか」

真志歩の全身が粟《あわ》だった。そんな目に遭ったのなら、二度と近寄りたくないと思うのは当然だ。

「基彦さんに電話してそういう話をしたら、自分たちのことも恐れているんじゃないかと懸念して、翌日試しに本屋さんで会うことになりました。明は父親をちっとも恐れていなくて、会えてとても喜んでいました。私は、本当に部屋の準備ができていなくて連れていっちゃいけないのだろうかと疑う部分もあったので、その点を質《ただ》すために、明のいないところでもう一度基彦さんに会いました。基彦さんは少し苦しそうに言い訳していました。実はその部屋は昔、まだ病気だと分かっていなかった瑠日のために準備した部屋だったので、麻奈美は壁紙からカーテンから家具からすべて変えようとしている。それで、時間がかかってしまっているのだ、と。年末だからベッドの配達が年明け以降になってしまった。しかし、別にベッドでなくても、床に蒲団を敷いて寝ればいいわけで、それなら明日にでも来ていい、ということでした。今日でなく明日なのか、と私はかなり失望しました」

恵璃子は溜め息をひとつついてから、続けた。

「でも、とにかく明を基彦さんにまかせないわけにいきません。一日に、私は二日までの滞在をキャンセルして、なにがなんでも明を実家に返そうと考えました。ただホテル代が足りなくて、ちょっとごたごたしてしまって……明を連れてホテルを出たものの、途中で疲れ切ってしまいました。明をお宅のお店の前に置いて、まずホテル代を借りに基彦さんの家へ行きました。なぜ明を置いていったかというと、またいじめられた公園のそばで大泣きされるだろうと予想したからです。そこを通らずにすむ道を知らなかったし、探して歩くほどの体力はなかったし、明と一緒に歩きつづける気力をなくしてしまったのです。福岡家で、麻奈美さんに門前払いを食ったのは、さっきお話しした通りです。私、そこで自暴自棄になったんです」

　自暴自棄？　この人にそんな言葉は似合わないようだけれど。

　真志歩の心の声が聞こえたかのように、恵璃子は目線を本棚から真志歩に移した。

「なにもかも捨てたくなりました。明を迎えに行ってくれるよう基彦さんにメールしたあとで、ふらふらと町を彷徨いました。いつの間にか河原に出ていました。川の流量は多く、流れも速かった。このまま川に入ってしまおうか、ふとそんなことを考えたのです。どうせ四カ月足らずの命なら、いま死んでもいい、と」

　真志歩はまばたきするのも忘れて聞いていた。

「その自分の考えが体に通じたのか、川に入るより早く血液が胃から駆け登ってきたのです。血を吐いて、私はその場に倒れてしまったようです。そして、河原にいた誰かが呼んでくれた救急車で病院に運ばれたようです。ようです、という言い方ばかりなのは、すぐに意識を失って、その前後の記憶が飛んでいるからです。バッグはその時に河原に落としてしまったのでしょう。病院で意識を回復した時には、手元にありませんでした」

「バッグの中には」と、尾崎が口をはさんだ。「財布が入っていませんでした。その場にいた誰かに抜かれたようですね」

「そうでしたか。じゃあ、スマホも入っていなかったでしょうね」

尾崎がうなずくのを確かめもせず、恵璃子は悔しげにつぶやいた。

「スマホだけは盗らないでいてほしかった。基彦さんの携帯の電話番号も分からなくなってしまったし……」

ふっと恵璃子は笑った。笑いがかえって顔に影をつくり、恵璃子のイメージに合わない自暴自棄という語がぴたりとはまった。

「基彦さんの電話番号が分かっても、もう無意味なんですよね」

尾崎は恵璃子に相槌を打ったりはせず、無表情に言葉をつないだ。

「もうふたつほど、訊きたいことがあります」

「なんでしょう」

「なぜホテルで恵子と名乗ったのです。恵子は明のお母さんの名前でしょう」

「ああ、そういえば、そういうことをしましたね」

恵璃子は少し考えてから、首をふった。

「なぜだったのか覚えていません。ちょっとした気紛れを起こしたのかもしれません」

「明のお母さんになりたかったのではないですか、最後の最後に」

真志歩はどきりとした。それは正しい推測だったとしても、口に出していいことではないのでは？

恵璃子は軽く顎をもたげ、黙殺した。

「ふたつ目の質問はなんでしょう」

「ファンタスティコのチェックアウトは十一時です。一時頃に華麗屋の前につくまで、なにをしていたのですか」

「一時？　私が明と別れたのは、十二時ぐらいだったはずです。私のキャッシュカードでおろせるATMがないか駅前をいくらか探したので、十分か二十分時間を費やしたかもしれませんが、遅くとも十二時前にはカレーのお店の前についていたと思います」

「一時ではなく、十二時？」

「そうです。まちがいありません」

「じゃあ、明君は一時間以上も華麗屋の前に立っていたということですか」

真志歩は驚いて叫んだ。尾崎は苦笑いをこぼした。

「まあ、そういうことになるね」

「私、全然気がつかなかった」

真志歩は言ってから、あ、そうか、と思い当たった。明がはじめから華麗屋のガラス扉の前にいたとはかぎらない。ガラス扉のところは、むかいの建物が邪魔をして、正午前後には日が当たっていない。明は日当たりとともにガラス扉のところに移動してきたのかもしれない。

それにしても、一時間……いや、真志歩が人影を認めて中に入れるまでの時間を含めれば約一時間半、明は冬の戸外に立ちつくしていたことになる。三十分で戻ると約束した伯母さんがいくら待っても帰ってこない。十歳かそこらの少年にとってはきつい時間だったにちがいない。それこそ永遠とも思えるような。

「一時間半……」

恵璃子も時間の重みに耐えかねるように頭を垂れた。

尾崎は、二人の女の愁嘆には頓着していなかった。

「で、明の今後のことだけれど」

と、実務的な声で言った。

「はい」と、恵璃子は頭をあげた。睫《まつげ》に水滴がからまっていた。

「あなたはもう明をひきとることはできないのですね」

「ええ。一昨日救急病院からは帰ってこられたけれど、来週にはホスピスに入院することになっています。うちに連れてくることはできません」

「来週、月曜日ですか？」

「そうです」

「じゃあ、まだ三日ある」

「三日しかありません。児童相談所に行って養護施設に預ける話をつけるまで。私はそんなに機敏に動ける体じゃないし」

「しかし、三日あれば、ケッコンはできる」

「は？」

恵璃子も面食らっただろうが、真志歩も面食らった。ケッコン、血痕、結婚、ほかにケッコンという音が当てはまる漢字はあっただろうか？

尾崎はソファから立ち上がった。ダイニングテーブルのそばへ歩み寄り、

「僕とケッコンしましょう」

と言った。どうやら、ケッコンは結婚のようだ。尾崎が恵璃子に結婚を申し込んでいる？　ありえない。

「なんですって」

恵璃子は、椅子から立ち上がった。一瞬、元気なころの体力が蘇ったようだ。すぐに力尽きたように椅子に腰を戻したが。

「こんな時に悪ふざけはやめてください」

「僕は真剣です。どうやら華麗屋の店主と誤解しているようだが、僕は華麗屋の人間ではなく一介の客です。この子は」と、尾崎は恵璃子をむいたまま後ろ手で真志歩を指さ

した。

「華麗屋の店員です。僕は、親の遺産を受け継いできちんと資産管理しているので、生活に困ることはありません。それに、時たま怪獣のフィギュアを作ってネットで売っているので、まったくの遊び人というわけでもありません」

この場面に来て、やっと尾崎の仕事が明かされた。真志歩は指に刺さっていた極小の刺が抜けたのを感じた。

尾崎はとうとうバレちゃったな、という目つきを瞬間的に真志歩にむけてから、また恵璃子に顔を戻した。

「そして、この年まで独身です。僕とあなたが結婚すれば、明は赤の他人の養護施設ではなく、親族のもとで生活を送ることになる。もちろん、僕はゆくゆくは明を養子にむかえる。ハッピーエンドでしょう?」

恵璃子の唇が震えた。唇だけでなく、全身が震えているようだった。突風になぶられた木の葉のように。

「同情しているのですか」

「あなたには同情です。明には愛情です」

尾崎は率直すぎるくらい率直だ。同情でプロポーズすると言われて怒る女性はいても、信じる気持ちが芽生えない女性はいないだろうと真志歩は思う。しかし、恵璃子は怒るのではなく、まだ疑っていた。

「まさか少年愛の性癖があるのではないでしょうね」

尾崎は噴き出した。大きく体をのけぞって、笑った。

「用心深い人だ。時間が充分にあれば、あなたにも愛情をもてたと思いますよ」

尾崎は笑いをひっこめると、テーブルに両手をつき、上体を倒して恵璃子に顔を近づけた。

「私が性欲をもてるのは成人の女性だけです。だから、安心して結婚してください」

恵璃子は、まるまる一分間、尾崎の顔を見つめた。そうすれば、尾崎の全人格を読み込めるとでもいうように。それから、頰を染めることもなくかすかに首を動かした、縦方向に。

「ディール」

尾崎は高らかに叫んだ。契約成立。

自分は結婚の申し込みの場に立ち会っているのか。しかし、なんというプロポーズだろう。真志歩は、悪い夢を見ているような気さえした。

明日、明を連れて戻ってくる、そう約束して尾崎と真志歩は恵璃子のもとを辞した。

吾川に帰る新幹線の中で、尾崎は真志歩に訊いた。

「マッシー、なにか怒っている？」

真志歩は極端に口数が少なくなっていた。

「いいえ、なにも」

「そうか。俺はまた、マッシーが実は俺に惚れていて、恵璃子と結婚するものだから、ショックを受けているのかと思った」

どこまでも脳天気なふりをする人だ。それなら、こちらも鈍感になってやろう。

「尾崎さんは麗香さんと結婚するんだとばかり思っていました」

「俺が麗香と？　どうして」

「美咲さんに聞きましたよ、四年前、麗香さんは尾崎さんとの結婚に反対されてお父さんと喧嘩していたって」

「ああ、あれは……」

尾崎は窓に目をむけた。外はすでにすっかり日が暮れていて、見えるものは点在する町の明かりとガラスに映る自分たちの不鮮明な姿だけだ。

「麗香にはすまなかったと思う」

「もう好きじゃなくなったんですか」

「いや」

尾崎は窓に目をむけたままだ。だが、ガラスに映った不鮮明な姿で、尾崎がどんな表情をしているか、真志歩には分かった。尾崎の顔には色濃く後悔の念が漂っていた。

「親父《おやじ》さんは、俺の本心を見抜いていたんだ」と、尾崎は言った。「俺がどうして麗香に結婚を申し込んだのか」

「どうしてなんです」

「美咲が京都に行こうとしていたから」

「え？　同情ですか」

美咲が京都に行ったら、麗香が独りぼっちになってかわいそう、そういう発想か？　尾崎は同情すると結婚を申し込む人間だったのか？

「まさか。俺はどうしても美咲とつながっていたかった。親戚になれば、たとえ遠く離れていてもつながっていられるだろう」

咀嚼《そしやく》するのに時間がかかった。一から数えるようにして、真志歩は徐々に理解した。

尾崎の初恋の人が姉妹の母親だったというのは冗談ではなく、真実だったのだ。麗香と美咲とどちらが母親に似ているかといえば、圧倒的に美咲だ。初恋の人に似ている紫の上を妻にした光源氏に倣《なら》うとすると――

「つまり、尾崎さんは本当は美咲さんのことが好きだったんですね」

尾崎は返事をしなかったが、返事をしないこと自体が肯定にちがいなかった。

「じゃあ、どうして美咲さんにプロポーズしなかったんです。美咲さんだって、尾崎さんのことが嫌いじゃないと思いますよ」

二人の言動を見ていると、年の離れた夫とその夫を尻に敷いている若妻の雰囲気がなくもない。

しばらく尾崎は沈黙していた。それから、鋼でもできているかのように唇を重たそうに開いた。

「俺は麗香とでさえ十二歳も離れている。それは、華絵さんと柚木さんの年齢差だから、許容できるとしても、美咲とは二十歳ちがいだ。当時美咲はまだ十八歳で、大学で真理を究める夢をもっていた。二十歳も年上のいい加減な男が、彼女の人生を邪魔するわけにいかないじゃないか」

じゃあ、麗香さんを利用しただけ？　という言葉を、真志歩は飲み込んだ。ガラス窓の尾崎の目尻に光が点じるのが見えたから。通りすぎた外灯の光というよりも、涙……。

真志歩は、それ以上鈍感のふりをしていられなかった。

「私、眠ります」

宣言して、目を閉じた。年が明けてからずっと睡眠時間が不足していたから、睡魔はすぐに訪れた。東京駅につくまで熟睡した。あとで、涎《よだれ》を垂らしていた、なにか食べ物の夢を見ていたのだろうと、尾崎にからかわれた。実際に見ていたのは、居眠りして吾川駅を通り越すのを危ぶむ夢だったけれど。

17

　真志歩はアパートに帰りついて半日も経たないうちに、袋井市にとんぼ返りした。今回は尾崎の運転する車での往路になった。明はもちろんのこと、柚木姉妹も一緒だった。途中、市役所によったのでいくらか回り道になったが、それでも正午をあまり過ぎない時刻にメゾンあいの前に到着した。

　明がどんなふうにメゾンあいの階段を駆けのぼったか。301号室のドアをあけたか。部屋にいた恵璃子に飛びついたか。一口で言えば、犬がしばらく離れていた飼い主と会うさまを彷彿《ほうふつ》とさせた。

　恵璃子のほうもエネルギーの塊を力のかぎり受けとめた。細い体はぐらぐら揺れたけれど。

「ごめんね、迎えに行かずに」

「いいんだ。帰ってこられてとても嬉しい」

「耳、聞こえるのね」

「うん。聞こえるよ」

　恵璃子は、こっそりと尾崎にむかってVサインを送った。

今日の恵璃子は化粧をし、髪形も整え、昨日より格段に美しくなっていた。顔がもっとふっくらしていたら、美咲に似ていたかもしれない。尾崎にサインを送るあたり、わずか一晩で結婚相手としての認識が芽生えたようだ。

「早速だけれど」と、尾崎はバッグから大事そうに一枚の書類を出した。「これに署名して」

婚姻届だ。尾崎はすでに署名を終えているし、証人欄には柚木姉妹の名前が記入済みだった。

恵璃子はつくづく婚姻届を眺めてから、ペンをとった。手がかすかに震えていた。恵璃子は一字一字、丁寧に名前を書き入れた。最後の「子」の字を書き終えると、大きな仕事をしたあとのように開放的な吐息をついた。

「この書類を市役所に出したら」と、尾崎は婚姻届を明に見せながら言った。「きみの伯母さんと僕は夫婦になるんだよ」

「夫婦？」

明は、三角測量するように瞳を書類と尾崎と恵璃子の間で行き来させた。

「そう。つまり、僕はきみの伯父さんになるんだ。でも、伯父さんとは呼んでほしくないな」

「なんて呼べばいいの」

「お兄さんでも宗二郎でも尾崎さんでも、なんでもいい。あるいはお父さんと呼んでくれてもいいよ」

「お父さん？」

恵璃子と明、尾崎と明の間の養子縁組にかんしては、家庭裁判所に申し立てをして許可を得なければならない。それはなかなかに厄介なことだ。未成年者を養子にするには両親がそろっていなければならず、恵璃子が余命四カ月であることがネックになるかもしれない。

「そうなったらなったで、明が十五歳になるまで待てばいいさ」

と、尾崎は袋井市に来る道々、三人に語った。

「十五歳になったら、明の一存で養子縁組ができるようになるからね」

ちょっと考えて、尾崎はつけくわえた。

「まあ、本当は戸籍上のことなんかどうでもいいんだけれどね。戸籍は便宜上のものだし、家族として仲睦《なかむつ》まじく暮らせればそれでいい」

三人はそろってそれに賛成した。さて、明はどうだろう。

「お父さん？　じゃあ、恵璃子のことはなんて呼べばいいの」

明は恵璃子に視線を移した。

「お母さん？」

恵璃子の化粧をしてもなお土色っぽい頬に、薔薇色がさした。

「お母さんって、呼んでくれるの？」

「お母さんって、呼んでいいの？」

「もちろんよ」

「お母さん」

明は、少しくすぐったそうに言葉を口の中で転がした。恵璃子は腕を伸ばした。二人の姿が重なった。それはまるで教会に飾られた一体の母子像のようだった。真志歩はにじみ出た涙で視界が曇るのを感じながら、母子像に見とれていた。


その場で、ささやかなお祝いをした。花嫁はほとんど飲食しなかったが、寿司《すし》の出前をとり、持参したシャンパンをあけ、ケーキを切った。一家に幸あれ！

花嫁の体調をおもんぱかり、真志歩と柚木姉妹は、一時間ほどで恵璃子の部屋、というよりも尾崎一家の袋井市の住まいをあとにした。尾崎は、当分袋井市と吾川市を行ったり来たりする予定だと言っていた。その後はおそらく吾川市に戻ってくるだろう、息子と二人きりで。

「尾崎さん、一日でも長く袋井市にいられるといいわね、明のためにも」

帰りの新幹線の中で、ふと思いついたように麗香が言った。座席は、どういうわけか美咲が窓側、真志歩が真ん中、麗香が通路側に座っている。だから、姉妹の会話は真志歩をはさんでのやりとりだ。美咲は姉の言葉にうなずいてから、抑えた声で言った。

「本当にそれでいいの？」

「え？　なに？　私が尾崎さんに未練があるとでも？　まさか」

麗香は声をあげて笑ってから、少し申し訳なさそうな表情になって言った。

「実を言うと私ね、困っていたんだ。お父さんが行方不明になってから、誰かと結婚したいという気持ちがきれいさっぱりなくなってしまって。でも、一度は結婚を承諾したじゃない。どうしたものかと思っていたの」

そういうことだったのか。麗香は、尾崎が恵璃子と結婚すると告げた時から、尾崎の顔をまともに見るようになっていた。なにかが吹っ切れたのかもしれないと思っていたが、すでに結婚願望がなくなっていたとは……。

いやいや、強がっているだけかもしれないぞ、と真志歩は思い直した。人の内面は外見からだけでは分からない。現に、麗香も美咲も心なしかいつもより元気がない。

「美咲さんは、受験勉強をはじめるんですか」

達也の死が確定した以上、華麗屋を続けている理由はないだろう。

「うーん、そうねえ」

美咲は両手を前につきだす伸びをした。

「大学で真理を探究しなくても、市井でできるんじゃないかなって、いまはそんな気がしている」

「どういうことです？」

「私ね、どうしてこの宇宙に生命が存在するのか、そもそも生命ってなんだろうって、子供の頃からずうーっと知りたかったの。動物は死ぬやいなや、人形や石のように自発的な動きがなくなってしまうでしょう。見た目は眠っている時とちっとも変わらないのに。それがとても不思議でね。是非とも大学で物質や生命の研究をしたかったの」

もしかしたら、わずか二歳で母親の死に遭遇して、そういう意識が芽生えたのかもしれない。

「でもね、お店をやっている間に興味の焦点が変わってきたんだわ。生命体の中でも、特にヒトに興味をもつようになったの。お店って、いろんな人が来るのよね。ただのご近所さんだった人たちも、常連客として馴染んでくると、またべつの側面が見えてくるし。通りすがりの薄っぺらい影だと思っていたものが、一人ひとり血肉をもった人生を生きているんだと、あらためて思い知らされるようになった。人はなんのために生きるのか。人というものがどうして生まれたのか。ヒトって、ほかの生き物とずいぶんちがうよね。家族や国家という集団を作って、自分に都合のいいように周囲の環境を作りかえて、さらには主義主張という生物的実利を超えたところで死に到るまで争ったりして。

大学で先人の思想を学ぶ前に、まずもっと生身のヒトというものに詳しくなって考えを深めるのもいいことだと思うようになった。学んで思わざれば、すなわち罔《くら》し、っていう心境」

間髪をいれず、麗香が言った。

「知っているでしょう。思うて学ばざればすなわち殆《あやう》し、という言葉がその後に来るのよ」

美咲は横目で麗香を見たが、なにも言わなかった。小さく両肩を吊りあげただけだ。だからというわけでもないが、真志歩は尋ねた。

「じゃあ、華麗屋は閉めないんですか」

「まだ分からないな。学校にかよいながら店を続けられるかどうか」

「学校って、大学ではなくて？」

「調理の専門学校。自分には食べ物屋さんがむいているかなって、この頃思うようになったんだ」

え、と麗香が声をあげて、美咲にむけて身を乗り出した。

「ちょっと待ってよ。赤字なんだよ、華麗屋は。本気で続けるとなったら、経営について真剣に考え直さなくちゃ」

「あら、いつまでも援助してくれるんじゃなかったの」

「それは、お父さんが……」

言いかけて、麗香は背もたれに体を戻した。乱暴に前髪をかきあげて、黙った。

「私、三月でアルバイト辞めますから」

真志歩は肩をすぼめて言った。麗香は前をむいたまま、ひらひらと片手をふった。

「そんなつもりで言ったんじゃないの。気にしないで」

「本当に帰るの、実家に？」

美咲が真志歩の顔を覗きこんだ。瞳に笑いを含んでいた。そうやって正面切って訊かれると、真志歩は答えに窮した。

本当にこのまま地元に帰って司書になっていいのだろうか。

本を読むのは好きだけれど、じゃあ司書になりたいのだろうか。

真志歩は本を読むのが好きね、司書がむいているんじゃないの、と母親が言ったから、司書を目指した。

母親や祖父が、地元に帰ってきなさい、司書の仕事を用意しておいてあげるよ、そう言ったから、こちらで就職活動もせず帰ることに決めた。その司書の職場というのは、祖父の会社が作った五稜郭《ごりょうかく》戦争にかんする資料館の中にある図書コーナーでしかない。図書費はふんだんに用意するから地元民も観光客も来たがる図書コーナーにするように、と言われているけれども。

真志歩は心の中で首をふった。私って、いままで自分の人生について真剣に考えることがなかった。同い年の美咲がしっかりと自分で自分の道を切り拓《ひら》こうとしているのだ。私も母親や祖父の意見は意見にとどめて、そろそろ自分の頭で将来を設計するべきではないだろうか。

18

今日は夕方に吾川市へ帰りついた。柚木姉妹に夕食に誘われたが、真志歩は部屋に気がかりなことがあったので、まっすぐアパートにむかった。

しかし、アパートが近づくにつれ、真志歩の足は鈍った。気がかりはスマホだった。もう三日もスマホの充電を怠っている。今日は、ほかの人のスマホをアテにして、携帯さえしていない。どんなに母親が怒っているかと思うと、いっそのことトイレにでも流してしまいたい。

アパートを見上げると、自分の部屋の小窓に明かりが点《とも》っていた。キッチンの明かりだ。今朝、慌てて出たので、消し忘れたのだろうか。まさか鍵をかけ忘れてはいないだろうなと、いくぶん早足になって外階段をあがった。

鍵はかかっていた。ほっとしてドアをあけると、目の前にぬっと人影が立っていた。

真志歩は悲鳴をあげかけ、人影を見直した。

自分はまだ電車の中にいて、居眠りをしているのだろうか。夢を見ているのだろうか。そこにいるのは母親だった。

母親の手が伸びた。と思う間に、真志歩は鋼のように強い力で母親に抱きしめられていた。

「ああ、真志歩、無事だったのね」

夢でも幻でもない。実体をともなった母親だった。

「一体どうしたの、お母さん。どうして部屋にいるの」

「どうしてもなにもないでしょう。連絡がとれないから、なにかあったんじゃないかと、心配で矢も楯もたまらなくなって、見に来たんじゃないの。無事でよかった」

母親の頬に涙が滑り落ちた。母親はもう一度、息ができなくなるほど強く真志歩を抱きしめた。

そういえば、公園で遊んで帰りが遅くなった時もこんなふうに抱きしめられたっけ。たかが風邪で熱を出した時には、寝ずの看病をしてくれた。目を覚ますたびに枕もとにいて微笑みをくれる母親に、どんなに癒されたことか。

甘酸っぱい思いが胸にあふれてきた。愛されている、日本海溝のような深さでもって愛されている。親に虐待された明や尾崎、早くに両親を亡くした柚木姉妹、彼らを思えば、なんと恵まれていることだろう。

甘い時間をまるまる一分続けたあと、真志歩は我に返った。

「どうやって部屋に入ったの」

この四年の間に、母親は何度も部屋に泊まっているが、合鍵は作っていない。

「もちろん、アパートの管理会社に入れてもらったのよ。娘と連絡がつかない。部屋で病気になっているのじゃないかと心配だ、と言ってね。でも、からっぽだった」

母親が室内をぐるっと指さしたので、真志歩はあらためて自分の部屋を見直した。

仕送りが豊富だから、2Kに住んでいる。しかし、このところ使っているのはキッチンにつながる六畳大の部屋だけだ。ホットカーペットを敷いた真ん中に炬燵を置き、勉強も食事も炬燵でしている。隣の四畳半大の部屋にはベッドがあるが、この一週間近く炬燵で寝ている。炬燵のまわりには、カーディガンや毛布や枕や読みさしの本が浜辺に打ち寄せられた漂流物のように積まれてある。ゆうべは帰ってくるのが遅かったから、あるいは今朝は出かけるのが早かったから、パン皿とマグカップも炬燵の天板に出たままだ。

部屋の様子が母親の目にどう映ったか、想像にかたくない。しかし、それについて、母親はなにも言わなかった。

「体、冷えているわね。炬燵に入りなさい」

主客転倒の発言をした。いや、アパート代の出所を考えれば、母親がここの正当な主人なのかもしれない。

真志歩は母親とともに炬燵に入った。そこで、パン皿やマグカップとともに天板に載っているはずのスマホがないことに気がついた。

「スマホ」

「スマホなら、ベッドルームで充電している」

と、母親は言った。その一言が意味するものは、スマホを見ようとしたら電池切れで見られなかった、ということだ。プライバシーもなにもあったものではない。母親の愛情が真実なのは確かだし、真志歩も母親を愛している。しかし、いい加減にしてほしいことが山のようにあるのも事実だ。

「で、いままでどこにいたの」

母親の査問がはじまった。

「静岡」

「なにをしに」

真志歩が延々とことの顚末を話しはじめようとした時に、チャイムの音がした。

真志歩は立ち上がって玄関へ行き、ドアをあけた。またしても夢か幻を見ているのかと思った。

「お父さん」

そこに立っていたのは、父親だった。

「やあ、やっぱり元気だったんだね」

「お父さん」

炬燵から、母親が半分悲鳴のような声をあげた。母親は炬燵を出て、玄関へ来た。

「なにをしに来たの」

責める調子だ。父親は、一重瞼《ひとえまぶた》の目をぱちぱちさせた。

「心配だったから、お母さんの様子が」

「私を心配？」

「だいぶ思いつめていたから。真志歩が無事でなかったらどうなってしまうだろうと、不安だった。もちろん、連絡がとれないという真志歩のことも心配だったけれど」

父親が家族のことを心にかけているなんて、思ってもみなかった。真志歩は父親を見直した。父親をまっとうに見るのは久しぶりだった。頭髪がいつの間にか真っ白になっている。ひょろりと細長い体形だったのがだいぶ肉がつき、しかも背中が丸くなっているので老人くさい。若々しい作りの母親と並ぶと、親子に見えなくもない。でも、祖父よりは皺が少ないし、顔の色つやもいいか。

「入っていいかな」

と、父親は言った。

「ああ、どうぞ」

「へえ、こんなところに暮らしていたんだ」

父親は、室内をもの珍しげに見回した。大学入学が決まってアパート探しをした時、母親はついてきたが、父親はまったく関知しなかった。もちろん来たことは一度もない。よくこのアパートにたどりついたと、感心するほどだ。

「いま真志歩がどこでなにをしていたか、聞いていたところなの」

三人で炬燵に入ると、母親は言った。

「ほう、どこにいたんだ」

「静岡ですって。静岡でなにをしていたの」

真志歩は「長い話になる」と前置きして、元旦に起こったことから話しはじめた。時おり母親がつまらない質問（その人の年齢は？　どこの大学を出ているの？　等々）をはさむので、長い話がさらに長引いた。そして、やっと基彦が死亡した時点までいったところで、またしてもドアのチャイムが鳴らされた。

この数カ月、誰一人訪ねてくる者などいなかったのに、今日はなんという日だろう。

真志歩が立ち上がると、母親が、

「あなたねえ、インターフォンがあるんだから、それを使いなさい。誰が来たか確かめてからじゃなきゃ。物騒な世の中なのよ」

と、忠告した。真志歩は忠告を無視した。母親の言葉に逆らいたいという思いが突然湧いたのだ。

ドアをあけると、立っていたのは刑事の瀬戸だった。

「え、なに、事情聴取ですか」

「ええ、というか、いや」

と、瀬戸はうっすらと顔を赤らめた。

「昨日から事情聴取しようと三度ばかり来ていたんだけれど、いつも留守なんで、ちょっと心配になってね」

「はあ？」

「どなたなの」

母親と父親が玄関にやってきた。

「ごめん。お客さんだった？」

「両親です。同じく私と連絡がとれないので心配して、函館から出てきたんです」

「そうなんだ」

「こちら、刑事の瀬戸さん」

真志歩は、怪しむ目で瀬戸を見ている両親に紹介した。

「瀬戸です、はじめまして」

瀬戸は頭をさげた。はじめて恋人の親に挨拶するような深い角度のさげかただった。

「娘がお世話になりました」

父親も頭をさげ返す。母親はまだ怪しむ目つきだ。まるで真志歩を盗みにきた男を見るような。真志歩はその母親の感情を押し返す気持ちで、瀬戸に言った。

「尾崎さんと明君の伯母さんが今日、結婚したんですよ。それで、私、昨日から静岡と吾川を往復していたんです」

「へえ、あの儚《はかな》げな男の子の伯母さんと、あの飄々とした人が？　あれ、伯母さんって、行方不明なんじゃなかったですか」

「この町で病気になって救急車で病院に運ばれていたんです。退院したので、連絡がついたんです」

真志歩はかなり大雑把な説明をした。

「尾崎さんと明君の伯母さんは、もともと知り合いじゃなかったんですよね？」

「よく覚えていますね。はじめて会って一時間も経たないうちに結婚を決めていたんです」

「まあ」と声をあげたのは、母親だった。「お互い一目惚れしたのね」

事実はだいぶちがうが、面倒なので真志歩はうなずいておいた。

「そうか。一目惚れって、やっぱりあるんだ」

瀬戸が真志歩の顔を眩《まぶ》しそうに眺めながら言ったので、真志歩はなんとなく頬が火照った。

いきなり背後から手が伸びてきて、真志歩は両腕をつかまえられた。

「この子、三月には大学を卒業して函館に帰りますから」

と、真志歩の両腕をつかまえた母親が言った。なにを言い出すのだ？

瀬戸は驚いたように瞳孔を大きくした。

「え、もう卒業する年齢だったんですか」

真志歩は瀬戸の発言にもびっくりした。

「いくつだと思っていたんです」

「いや、高校生じゃないとしたら、せいぜい大学一年生だろうと……じゃあ、就職も決まっているんですか」

「ええ、地元の私設の図書館に勤めるんです」

母親が真志歩に答えさせまいとするかのように早口で言った。

「そうですか。いや、残念だな」

「残念というのは？」

「佐藤さんは警察官にむいているんじゃないかと見込んでいたんです。卒業したら是非とも警察官に応募するよう誘おうと思っていたんだけれど」

瀬戸は真志歩の目を見ながら言った。

私が警察官にむいている？　血や暴力が苦手なこの私が？

「正義感が強いし、行動的だし」

と瀬戸は説明した。百パーセントの誉《ほ》め言葉だ。真志歩は端的に嬉しかった。しかし、母親が、

「この子が行動的？　そんなことはありませんよ。この子は外よりも家にいるのが大好きな、もの静かな性格なんです」

柔らかな声で、しかし断固として言った。どうやら母親は、小学生時代の真志歩が祖父とキャッチボールや凧揚げに興じていたことを忘れてしまっているらしい。

「本を読むのが大好きで、幼いころから本にまつわる仕事がしたかったんです。そうでしょう、真志歩？」

「私」

真志歩は母親の両腕から逃れ、母親にむき直った。思い切って言った。

「司書になりたいのかどうか分からない」

「なに？」

「ここのところ、ずっと考えていたの。私は本当に函館に帰って司書になっていいのか

しら、って。私、自分の将来にたいしてあまりに消極的だったんじゃないかと思う。うん、思う、じゃなくて、消極的だった。あと数カ月で卒業という時になってこんなことを考えるなんて遅すぎるかもしれないけれど」

「いや。そんなことはないよ」

と言ったのは、父親だった。

「人生においてなにごとも遅すぎるということはない。まして、真志歩はまだ二十二歳だ。やり直しはいくらでも利く」

真志歩も母親も、父親の顔をまじまじと眺めた。家族についてなにか意見を言う父親を見るのは、はじめてのような気がした。

「やり直しはいいとして」母親は息を荒げながら言った。「じゃあ、なにがしたいの。警察官?」

母親は瀬戸をすごい目で見ながら、

「たとえ警察官になるんだとしても、函館でなればいいんだわ」

言い切った。あの麻奈美母子にたいしても冷静沈着だった瀬戸がたじろいだ。

「はあ、そりゃまあ……」

「いや、べつに警察官と決まっては……」

否定しかけて、真志歩は自分の本心が見えた。ちがうのだ。司書とか警察官とか職業選択の問題ではないのだ。

「私、自立したいのよ」

「自立？　自立って、なによ」

母親の息がますます荒くなる。

「もうお母さんやおじいちゃんの手から離れたいの。親離れがしたいの」

しゃべっている間に、母親の心がぴきぴきと音を立てて石膏のように固まっていくのを感じた。だが、言わなければならない。

「お願いだから、お母さんも子離れして」

母親はいまにも卒倒しそうな顔色をしていたが、倒れるほどヤワではなかった。

「自立がどういうことか分かっているの。あなた、こんないいお部屋にもう住めないわよ。一銭も送ってあげないからね。病気になっても面倒みてくれる人はいないし、毎月送っている北海道の物産だって口に入らなくなるのよ。もちろん、電話で話す家族もいなくなるのよ。それがどんなに辛くて寂しいことか想像がつかないほど、あなたはお馬鹿さんだったの」

まくしたてる母親の肩を父親が抱いた。

「お母さん、怒りにまかせてそんなこと言っちゃ駄目だよ」

真っ青になっている真志歩を安心させるように、

「自立と勘当はちがうから」

という父親の言葉にかぶせて、母親は、

「自立したら、勘当します」

宣言した。

「い、いいもん」やっと真志歩は言った。「勘当されてもかまわない。私は日本海溝より深いお母さんの愛情で溺れ死にしたくない」

「なんですって」

「待って、待って」と、父親が割り込んだ。「二人とも頭を冷やして。お母さん、今日はここまでにしよう。明日また出直してこよう」

父親は、母親の肩を抱きかかえるようにした。

「駅前のホテルに泊まるから」

と、母親を押して通路を歩き出した。母親は不思議と抵抗しなかった。二人は外階段をおりていった。父親の後ろ姿は、母親を真志歩から奪い去ろうとしているようにも見えた。当人には、そんな意図はさらさらないだろうけれど。

両親の姿が消えると、真志歩は瀬戸をふりかえった。瀬戸は少々居心地悪そうに佇《たたず》んでいた。

「みっともないところを見せてしまって」

瀬戸はほほえんだ。春の日差しのように真志歩の心を溶かす笑顔だった。

「そんなことはないですよ。佐藤さんも大変なんですね」

「そう。親に愛されないのも大変だけれど、愛されすぎるのも大変なんです」

「すべてに満足のいく家庭に恵まれた人なんて滅多にいませんよ。それに、やっぱり佐藤さんは幸せだと思うな、いいご両親をもって」

「ええ、それは分かっているんです。分かっているけれど」

「日本海溝より深い愛情で溺れ死にしそう？」

真志歩は照れ笑いをした。

「あれはまあ、言葉のあやで」

「それならいいけれど、死んでもらっちゃ困るな」

と瀬戸は言った。ふっと、視線と視線がからみあった。

「警察官にリクルートするため？」

「いや、それとはべつに」

「事情聴取も終わっていないものね」

「ああ、そうだ。明日はいるかな。事情聴取は杉浦さんと一緒にするんで」

「いると思うけれど、また修羅場に出くわすかも」

「民事に介入はできないな」

瀬戸は笑って、真志歩から視線をはずした。

「じゃあ、また明日」

手をふり、去ろうとした。

「ええ、あっ」

「なに」

瀬戸はすぐに足をとめてふりかえった。

「麻奈美さん、どうしていますか」

「ああ、相変わらず情緒不安定で聴取に手間取っているよ」

「瑠日ちゃんが亡くなったのは麻奈美さんのせいだった？」

「まだ解剖の結果があがってきていないから分からないけれど。ただ、殺人罪どころか傷害致死罪でも起訴できないかもしれないなあ、あの調子じゃ」

「精神状態のせいで責任を問えないということですか」

「そう」

真志歩はまた瀬戸と見つめあった。もっと話していたい。そんな気がした。しかし、自分一人の部屋にあげるわけにいかない。そこまでまだ熱い気持ちにはなっていない。真志歩の心の片隅には裕貴がいる。真志歩は今度は自分から目をそらした。

「じゃあ、また明日」

「明日」

今度こそ、瀬戸は去っていった。

真志歩は部屋に入り、鍵をかけた。

明日はどんなことが待っているのだろう。母親と和解できるだろうか。そのうえで吾川に残ることができるだろうか。

真志歩は頭をふった。考えても仕方がない。私の心はすでに決まっている。母親の心がどう収まるかは明日になれば分かることだ。

疲れて眠かった。漂流物に埋もれた炬燵にもぐりこんだ。

かすかに懐かしい匂いがした。母親のつけている香水の匂いだ。炬燵蒲団に移り香として残っていたのだ。

真志歩は目を閉じた。母親の匂いに包まれた夢が甘いか苦いか、それもまた眠れば分かることだった。

〈参考資料〉

『暴力はどこからきたか』山極寿一　ＮＨＫ出版　二〇〇七年

解　説

藤田香織

まずはひとつ、質問を。

もしも街角で、なんらかのインタビューアーに「海より深いものといえば？」と問われたら、あなたは何と応えるだろうか。実際にそう思っているか否かはともかく、多くの人は、脊髄反射的に「母の愛」と応えてしまうのではないか。あるいは「親の愛」。もしくは単純に「愛」。よくよく考えてみると、いつの間に刷り込まれたのか不思議でならないが、私たちはどういうわけだか「そういうもの」だと思っている。

いや、異論があるわけではないのだ。愛は海より深し。そうでしょうとも、御尤《ごもつと》も。でもどうだろう、その心の片隅に「そういうことにしておきましょう」という気持ちもないだろうか。突き詰めると面倒な物事を、適当にあしらうようなあの気持ち。

海より深い愛なのに、突き詰めると面倒で、適当にあしらってしまいたくなる。その厄介さゆえに、つい目を逸《そ》らしてしまう。これまでに様々な夫婦の、親子の、家族の愛を問い続けてきた作者・矢口敦子さんが、文庫書下ろしとして上梓《じようし》した本書『海より深く』には、そのいびつな愛の形がたっぷりと描かれている。

物語の語り手となる佐藤真志歩は二十二歳。卒業を四カ月後にひかえた大学四年生の真志歩は、ある日、たまたま入ったカレー屋で店長の柚木美咲にスカウトされ、三月末までの約束でアルバイトをしている。私鉄・吾川駅の南口に広がる商店街の一角にある「華麗屋」は、市内の総合病院に外科医として勤める麗香がオーナーで、八歳年下の妹・美咲が店を切り盛りし、三百六十五日開店していることをコンセプトに営業していた。

迎えた新年、一月一日。入院患者の容態が急変し、病院へ出ることになった麗香に呼び出され、華麗屋でひとり店番をしていた真志歩は、午後になり店の前に立ち尽くしている少年に気が付く。店に招き入れてカレーを与え話を聞こうとしているうちに、初詣に行っていた美咲と店の常連客の尾崎宗二郎が帰って来る。少年はどうやら耳が聞こえないらしい。「エリコ」という女性を待っているらしい。曖昧な状況に、自分の学年も名前も応えられない少年を、自宅か警察に送り届けるよう美咲に命じられ真志歩と尾崎は店を出るが、町を歩くうち少年が慣れた様子で一軒のホテルに入っていったことから、少しずつ背景が明らかになっていく。

町で一番グレードの高いホテル・ファンタスティコのフロント係によると、少年と連れの女性は、十二月二十九日から明日の一月二日まで滞在予定だったが、今朝急遽《きゅうきょ》チエックアウトしようとしたものの宿泊料金が足りず、女性がATMにお金を下ろしに行くと立ち去ったまま、戻ってきていないということだった。尾崎がその宿泊料金を肩代わりすることと引き換えに、個人情報を聞き出したところによると、少年を連れていた女性の名前は五味恵子、少年の名前は明、記載住所は秋田県となっていた。

明が口にした「エリコ」、もしくは「五味恵子」はどこへ行ったのか。なぜ華麗屋の前に明を置き去りにしたのか。そもそもふたりはなぜこの町へやって来たのか。まずはそうした謎を解明すべく、真志歩たちは動き始める。

筆談で「あなたのお母さんの名前はなんていうの」と尋ねれば、「お母さんって、なに」と返ってくる。脳のどこかになにか問題があるのではないか。耳が悪いためにきちんと教育されていないのか。しかし、字も読める、言葉もしゃべれる。幼い頃に、エリコか恵子に誘拐され「お母さん」も「お父さん」も知らずに育ったのかもしれない。あれこれと推測するが、判然としない。やがて秋田の連絡先に電話がつながり、ホテルの従業員へ再度話を聞いたことなどから、「五味恵子」は既に亡くなっており、その姉が「エリコ」という名であることが判明。そして、華麗屋の上階にある麗香と美咲の住居に泊めることになった明の体に、無数の古い傷跡があることを麗香が発見した。

虐待と思えるいくつもの傷跡。尾崎と、店の常連客である美容師の中島が、道端で大泣きしている明を見かけた、という証言。その付近に何か嫌な記憶があるのか。体の傷跡は耳が聞こえないことと関係があるのか。真志歩たちが巡らす推測に導かれるように、読者もまた、あれこれと考えずにはいられなくなる。

河川敷で発見される恵璃子のハンドバッグ。中にあった名刺から判明した勤務先。ホテルに預けてあったバッグに入っていた手紙からは、明の父親の名が福岡基彦、その後妻が麻奈美であり、華麗屋と同じ吾川市内の住居に、かつては明も一緒に住んでいたらしきことが分かった。そしてどうやら明は、まったく耳が聞こえないわけではないことも明らかになる——。

こうなるともう、明は麻奈美に虐待されていたのだと誰もが思い描くだろう。実際に、ほどなく真志歩たちはその真相にたどり着く。この先は詳しく記さないが、明が置き去りにされた背景には、どうにもやるせない事情が絡み合っていた。この謎の提示と、真相追及と解明の過程だけでも、込み上げてくる苦々しさに、ついつい眉間に皺《しわ》を寄せてしまう。けれど、そうしたミステリーとしての仕掛け以上に、「苦い気持ち」になるのは、明の謎と並行して描かれていく、個々の家族のエピソードだ。

大学四年生にもなる娘に、毎日欠かさず電話をしてきた挙句、愚痴をまき散らさずにはいられない真志歩の母親。交通事故で亡くなった東大生の長男を惜しむあまり、なんで宗二郎じゃなく宗一が死なきゃならなかったのか、と口にした尾崎の両親。麻奈美が明を虐待していた理由。そんな娘可愛《かわい》さから、愚にもつかぬ明への憎しみをまき散らす麻奈美の母親。どれもこれも、なにもかも、うんざりする。うんざりするが、同時に、さもありなん、とも思うのだ。

〈家族って、厄介だ。ふと、真志歩は思った。家族って、いなければ寂しいというか困るだろうけれど、悲しみの芽を育てる培養皿でもあるんじゃないだろうか。一番濃密な人間関係だから、つい言葉や行為が過ぎて傷つけたり、傷つけられたりするのかもしれない。そうなっても、家族なら分かりあえる。親はそう考えているのかもしれないけれど……。〉作中で、真志歩が語るように、何があっても家族なら分かりあえる、なんてことは、幻想でしかない、と今や多くの人が思っているだろう。家族だからこそ、つけられた傷は思いのほか深く、じくじく膿《う》み続けることもある。

そのうえで、白眉なのは、そうした傷をつけた「加害者」ともなる者たちを、本書では断罪しているわけではない、という点にある。そうした事実が過去にあった、今ある、という状態を描いているだけで、罪だと言い募ることも、裁くこともしない。だから読者である私たちは、受け止めたエピソードを自分で胸に納めなければならず、許せる許せない、分かる分からない、と気持ちを揺らしながら向き合わなくてはいけなくなる。醜悪で、愚かな愛情の歪《ゆが》み、というものに、だ。ひいては、それは目を逸らしがちな自分の家族との関係性を考えることへと繋《つな》がっていく。矢口さんの小説は、こうした読者のなかへ押し入ってくる力が凄《すさ》まじく強い。加えて、そうしたなかに、尾崎が恵璃子と明に示したような、誰がどう見ても相当に歪んだ、いびつな愛をも見せられるからたまらない。血縁はなくても、これもまさしく「海より深い」愛情だと言えるだろう。

最後に。先に記したように、これまでにも家族の在り方を問い続けてきた矢口敦子さんは、二〇〇九年に刊行された『あれから』（幻冬舎→幻冬舎文庫）の作中、夕美と名付けられた妹と、姉の千幸にこんな会話をさせている。

〈「ねえ、千幸には千の幸せを願って名前をつけて、私には夕べの美しさだよ。それって、不公平じゃない」「夕美の生まれた時、ふと見た夕空がきれいだったから夕美だ、って聞いたよ。それに、千の幸せといったって、名前の通りになるとはかぎらないじゃない」「その通りになるかどうかが問題じゃないの。親がどんな願いをこめて名前をつけたかが問題なの」〉

柚木姉妹の父・達也が、愛する妻と娘・麗香の名前から一文字ずつとって名付けた「華麗屋」。どんな場所でも、どこにいても、自分らしく美しく咲くように。真に自分が志した道を歩いていくように。そして、明るい明日が来るように。やがて大人になった真志歩や明は、自分の子供にどんな名前をつけるのか。

いつの日か、そんな物語を読める日が来ることも、大いに期待している。

（ふじた・かをり　書評家）

本書は、集英社文庫のために書き下ろされた作品です。

矢口敦子の本

祈りの朝

安優海は臨月で産休中。夫が寝言で女性の名前を呼び、浮気を疑い始める。女性に会おうとするが予測不可能な事態に……。東日本大震災からの再生と家族の希望を描く感涙ミステリー。

集英社文庫

矢口敦子の本

最後の手紙

初恋のシーちゃんと再会した若妻・史子は家族を捨て、同棲を始める。だが、シーちゃんが事故死し、絶望した史子は、復讐を決意。ある人物に宛て覚悟の手紙を書き残すが……。

集英社文庫

集英社文庫　目録（日本文学）

森村誠一　黒い神《み》座《くら》
森村誠一　ガラスの恋人
森村誠一　社《しゃ》奴《ど》
森村誠一　勇者の証明
森村誠一　復讐の花期　君に白い羽根を返せ
森村誠一　凍土の狩人
森村誠一　悪の戴冠式
諸田玲子　月を吐く
諸田玲子　髭麻呂　王朝捕物控え
諸田玲子　恋縫
諸田玲子　おんな泉岳寺
諸田玲子　狸穴《まみあな》あいあい坂
諸田玲子　炎天の雪(上)(下)
諸田玲子　恋かたみ　狸穴あいあい坂
諸田玲子　四十八人目の忠臣
諸田玲子　心がわり　狸穴あいあい坂

八木圭一　手がかりは一皿の中に
八木澤高明　青線　売春の記憶を刻む旅
八木原一恵・編訳　封神演義　前編
八木原一恵・編訳　封神演義　後編
矢口敦子　祈りの朝
矢口敦子　最後の手紙
矢口敦子　海より深く
矢口史靖　小説　ロボジー
薬丸岳　友罪
八坂裕子　幸運の99%は話し方できまる！
八坂裕子　言い返す力　夫・姑・あの人に
安田依央　たぶらかし
安田依央　終活ファッションショー
柳澤桂子　愛をこめ　いのち見つめて
柳澤桂子　生命《いのち》の不思議
柳澤桂子　ヒトゲノムとあなた

柳澤桂子　すべてのいのちが愛《いと》おしい　生命科学者から孫へのメッセージ
柳澤桂子　永遠のなかに生きる
柳田国男　遠野物語
矢野隆　蛇衆
矢野隆　慶長風雲録
矢野隆　斗《とう》棋《ぎ》
山内マリコ　パリ行ったことないの
山川方夫　夏の葬列
山川方夫　安南の王子
山口百惠　蒼い時
山﨑宇子　ラブ×ドック
山崎ナオコーラ　「ジューシー」ってなんですか？
山田詠美　メイク・ミー・シック
山田詠美　熱帯安楽椅子
山田詠美　色彩の息子
山田詠美　ラビット病

集英社文庫　目録（日本文学）

集英社文庫　目録（日本文学）

唯川恵　今夜は心だけ抱いて
唯川恵　天に堕ちる
唯川恵　手のひらの砂漠
湯川豊　須賀敦子を読む
行成薫　名も無き世界のエンドロール
雪舟えま　バージンパンケーキ国分寺
夢枕獏　神々の山嶺《いただき》(上)(下)
夢枕獏　黒塚　KUROZUKA
夢枕獏　ものいふ髑髏《どくろ》
養老静江　ひとりでは生きられない　ある女医の95年
横幕智裕　周良貨／能田茂・原作　監査役　野崎修平
横森理香　凍った蜜の月
横森理香　30歳からハッピーに生きるコツ
横山秀夫　第三の時効
吉川トリコ　しゃぼん
吉川トリコ　夢見るころはすぎない

吉木伸子　スーパースキンケア術　あなたの肌はまだまだキレイになる
吉沢久子　老いをたのしんで生きる方法
吉沢久子　老いのさわやかひとり暮らし
吉沢久子　花の家事ごよみ　四季を楽しむ暮らし方
吉沢久子　老いの達人幸せ歳時記
吉沢久子　吉沢久子100歳のおいしい台所
吉田修一　初恋温泉
吉田修一　あの空の下で
吉田修一　空の冒険
吉田修一　作家と一日
吉永小百合　夢の続き
吉村達也　やさしく殺して
吉村達也　別れてください
吉村達也　セカンド・ワイフ
吉村達也　禁じられた遊び
吉村達也　私の遠藤くん

吉村達也　家族会議
吉村達也　可愛いベイビー
吉村達也　危険なふたり
吉村達也　ディープ・ブルー
吉村達也　生きてるうちに、さよならを
吉村達也　鬼の棲む家
吉村達也　怪物が覗く窓
吉村達也　悪魔が囁く教会
吉村達也　卑弥呼の赤い罠
吉村達也　飛鳥の怨霊の首
吉村達也　陰陽師暗殺
吉村達也　十三匹の蟹
吉村達也　それは経費で落とそう
吉村達也　「会社を休みましょう」殺人事件
吉村龍一　旅のおわりは
吉村龍一　真夏のバディ

集英社文庫　目録（日本文学）

よしもとばなな　鳥たち
吉行あぐり・吉行和子　あぐり白寿の旅
吉行淳之介　子供の領分
與那覇潤　日本人はなぜ存在するか
米澤穂信　追想五断章
米原万里　オリガ・モリソヴナの反語法
米山公啓　医者の上にも3年
米山公啓　命の値段が決まる時
隆慶一郎　一夢庵風流記
隆慶一郎　かぶいて候
連城三紀彦　美女
連城三紀彦　隠れ菊(上)(下)
わかぎゑふ　秘密の花園
わかぎゑふ　ばかちらし
わかぎゑふ　大阪の神々
わかぎゑふ　花咲くばか娘
わかぎゑふ　大阪弁の秘密
わかぎゑふ　大阪人の掟
わかぎゑふ　大阪人、地球に迷う
わかぎゑふ　正しい大阪人の作り方
若桑みどり　クアトロ・ラガッツィ(上)(下)　天正少年使節と世界帝国
若竹七海　サンタクロースのせいにしよう
若竹七海　スクランブル
和久峻三　夢の浮橋殺人事件　あんみつ検事の捜査ファイル
和久峻三　女検事の涙は乾く　あんみつ検事の捜査ファイル
和田秀樹　痛快！心理学 入門編　――なぜ僕らの心は壊れてしまうのか
和田秀樹　痛快！心理学 実践編　――どうしたら私たちはハッピーになれるのか
渡辺淳一　白き狩人
渡辺淳一　麗《うるわ》しき白骨
渡辺淳一　遠き落日(上)(下)
渡辺淳一　わたしの女神たち
渡辺淳一　新釈・からだ事典
渡辺淳一　シネマティク恋愛論
渡辺淳一　夜に忍びこむもの
渡辺淳一　これを食べなきゃ
渡辺淳一　新釈・びょうき事典
渡辺淳一　源氏に愛された女たち
渡辺淳一　マイ センチメンタルジャーニイ
渡辺淳一　ラヴレターの研究
渡辺淳一　夫というもの
渡辺淳一　流氷への旅
渡辺淳一　うたかた
渡辺淳一　くれなゐ
渡辺淳一　野わけ
渡辺淳一　化身(上)(下)
渡辺淳一　ひとひらの雪(上)(下)
渡辺淳一　鈍感力
渡辺淳一　冬の花火

集英社文庫

海《うみ》より深《ふか》く

2019年1月25日　第1刷　　定価はカバーに表示してあります。

著　者　矢口敦子《やぐちあつこ》
発行者　徳永　真
発行所　株式会社 集英社
東京都千代田区一ツ橋2-5-10　〒101-8050
電話　【編集部】03-3230-6095
【読者係】03-3230-6080
【販売部】03-3230-6393(書店専用)
印　刷　株式会社 廣済堂
製　本　株式会社 廣済堂

フォーマットデザイン　アリヤマデザインストア　　マークデザイン　居山浩二

ISBN978-4-08-745837-4 C0193